新时代·新拉萨

2018 年拉萨市广播电视台专题报道汇编

拉萨市广播电视台　主编

西藏藏文古籍出版社

图书在版编目（CIP）数据

新时代·新拉萨 ：2018 年拉萨市广播电视台专题报道汇编 / 拉萨市广播电视台主编. —拉萨 ：西藏藏文古籍出版社，2019.8
ISBN 978-7-5700-0322-8

Ⅰ. ①新… Ⅱ. ①拉… Ⅲ. ①新闻报道－作品集－中国－当代
Ⅳ. ①I253

中国版本图书馆 CIP 数据核字（2019）第 123960 号

新时代·新拉萨：2018 年拉萨市广播电视台专题报道汇编

主　　编　拉萨市广播电视台
责任编辑　曾　恒
策　　划　天利文化
出　　版　西藏藏文古籍出版社（拉萨市色拉路 22 号）　邮政编码：850000
　　　　　西藏藏文古籍出版社第二编辑部（拉萨市林廓北路 20 号）
　　　　　打击盗版：0891-6930339
印　　刷　北京盛通印刷股份有限公司
经　　销　全国新华书店
开　　本　16 开（710×1 000）
印　　张　7.75
印　　数　1—2000
版　　次　2019 年 8 月第 1 版第 1 次印刷
标准书号　ISBN 978-7-5700-0322-8
定　　价　22.00 元

目　　录

见证改革　记录发展

2018年，是中华人民共和国改革开放40周年。1978年12月，中央召开了具有划时代意义的十一届三中全会。这次会议打开了尘封几十年的国门，做出了改革开放的重大决策，确立了以经济建设为中心的基本国策，中国开始了改革开放，开始了中国特色社会主义道路的探索。十一届三中全会以来的这40年间，我们党团结和带领全国各族人民，解放思想、实事求是，同心同德、锐意进取，进行了建设有中国特色社会主义的历史性创造性活动；这是波澜壮阔的、激情澎湃的、创意万千的、日新月异的40年；改革开放给中国带来的历史性巨变，令世界为之惊叹；从此中华民族大踏步赶上了时代发展潮流，中国人民迎来了民族复兴的大好光明前景！

40年，我们见证了中国经济总量从3600多亿元到82万亿元的飞跃；人均GDP从385元到59660元的蹿升；从每年只有180万人次的入境游客，到超越1.3亿……我们还用自己的双手，创造了中国“新四大发明”（高铁、扫码支付、共享单车和网购）。悠悠四十载，不忘中国心。中国的发展日新月异，经济增速在持续高速发展下逐步向稳定发展健康发展转变，人民的起居生活越来越便利，公共设施建设也越来越健全和完善，人民幸福指数提高了，国家更加安定祥和，发展前景一片大好！

与全国各地一样，改革开放 40 年，雪域高原也迎来了巨大的发展机遇。不仅仅是经济上的发展，古城拉萨的每一个角落都有改革开放发展带来的成果，人民享受到了极大的发展红利。2018 年是中国改革开放 40 周年，拉萨人民将继续奋发进取，开创幸福生活！让我们用镜头，来见证改革，记录发展。

雪域时光中的舞者
——拉萨皮革厂的四十年时光

记者：次珍　杨宝

【导语】成立于1960年的拉萨皮革厂曾是拉萨的骄傲，它与拉萨城一同成长，在改革开放40年的时光里，它如同一位雪域时光中的舞者，见证了40年来，西藏经济社会的长足发展和人民物质生活水平的不断提高。时至今日，这位58岁的“老人”依旧活跃在时代舞台上，演绎着一个又一个新的故事。今天的“见证改革•记录发展”专题报道，我们就来重温它的成长，见证40年来拉萨经济社会的发展。

【解说】得知我们的到来，原拉萨皮革厂副厂长，在厂里工作了45年的退休职工扎西多吉老人非常激动。他主动找到厂领导，一定要带我们去看看老厂区、老车间，亲自给我们讲一讲那段光辉的岁月和流淌在工友们心中的那份如同火焰一般的真挚情感。

在前往老厂区的路上，扎西多吉老人告诉我们，从最初的配料工、修理工、机修车间工人、设备管理人员到后来逐步成为车间主任、生产技术负责人直至后来的副厂长，他工作的这45年，恰恰也是拉萨皮革厂经历从计划经济时的火热生产到改革开放后因转为市场经济带来各种冲击的过程。

跟随扎西多吉老人的步伐，眼前这一个个早已退出历史舞台的车间和依旧保存完好的设备，表面虽然已覆盖上一层层尘土，却依然能够让我们强烈地感受到当时这里如火如荼的生产场景。

扎西多吉老人轻抚着这些陪伴他几十年的设备，并如数家珍般向我们介绍起“它们”。他说，1980年，工厂迎来第一次技术升级，随着产业规模扩大，工人队伍增加，产能翻番，工厂产品迅速填补了当地市场“真空”，工厂生产的皮鞋、皮衣成为了拉萨城乃至整个西藏的“第一代”名牌。

【同期】原拉萨皮革厂副厂长扎西多吉：当时我们基本上没有什么制皮设备，做牛底革是在池子里面加工，手工反复进行操作的。随后在1989年进行技术改造后，才有了眼前的这些设备。这些设备大大减轻了工人的劳动强度，缩短了生产时间，更有效地提升了产量。像这样的螺旋转鼓就有8台，工人再也不用在池子里翻皮，全部都经螺旋转鼓完成机械化操作。

【解说】1984年，遥远的北京发生了一件大事：时任德国联邦总理赫尔穆特•科尔访华。6年后，偏僻的拉萨皮革厂意想不到地迎来了德国专家。专家到来后，召开研讨会，举办培训班，并一同引进了制鞋、制革、化验等方面的各类先进设备，工厂的硬件和软件在不同程度上都得到了极大的提高，拉萨皮革厂进入了全新的发展阶段。

【同期】原拉萨皮革厂副厂长扎西多吉：这些设备是 1989 年到 1998 年之间德国无偿援助的。这些设备的投入使用，使我们的制革技术又得到了全新的改造提升，更加促进了产能的提高，劳动力的解放。德国专家来了以后，带来了许多新的理念、新的技术。虽然我们的工人普遍文化水平不高，但是大家信心满满，跟着专家们轰轰烈烈地学技术、学理念，全厂工人的技术水平得到了极大的提高。

【解说】采访中，1990 年进入拉萨皮革厂，现任拉萨皮革有限责任公司董事长的陈小云告诉记者，上个世纪 90 年代，拉萨皮革厂产品仍是市场上的“明星”。在陈小云眼里，工厂的“巅峰时期”是在 1995 到 2000 年间，工厂内部实行车间负责人承包制，进一步优化供产销程序。也是在这段时间，拉萨与内地之间的联系越发频繁，相对孤立的本地市场彻底融入全国市场中，花样款式繁多的内地皮革制品涌上拉萨街道。拉萨皮革厂产品的成本劣势暴露，市场现出“残酷”的一面。

【同期】拉萨皮革有限责任公司董事长陈小云：2000 年以后，因为市场局限，广州、温州这一带的皮革和皮革制品到西藏来得比较多了以后，我们感觉企业的经营压力越来越大，我们也在逐步地调整产品结构……进入 2012 年以后，网络经济越来越发达，网上购物成为一种时尚，很多人就在网上购买产品，这对我们的产品也有一定的冲击，我们也做了一些相应的调整。

【解说】面对时代的不断进步、市场的强烈冲击，拉萨皮革厂面临着一轮又一轮的抉择，同时也在一次又一次的挑战中迎难而上，与时俱进。在退休职工扎西多吉老人的眼里，皮革厂不仅仅是工人们工作的地方，它更是大家伙心灵的寄托、幸福的家园。在皮革厂里，无论是退休职工还是在职职工都有自己的住房，小区环境和配套设施绝不亚于市区内很多优质的小区。扎西多吉和爱人扎西曲珍在这里幸福地安度晚年。

【同期】拉萨皮革有限责任公司董事长陈小云：我们于 2003 年按照国有企业的改革方案要求，对闲置土地进行置换，置换以后对全厂在职和退休职工进行住房改革。通过 2003 年第一批、2005 年第二批、2007 年第三批“房改”，我们工厂的几乎所有的在岗和退休职工都有了自己的房子，并为工人们办理了产权，让他们能够安居乐业，在工作上也有了新面貌。

【解说】采访中，扎西多吉老人口中提到最多的一句话就是，拉萨皮革厂曾经拥有辉煌的历史，历经了时代发展的波折。新时代站在新的起点上，“他”必将迎来更加美好的未来。

【出镜】记者次珍：时间的指针指向改革开放第 40 年，全国皮革行业普遍走低。已经改制为拉萨皮革有限责任公司的拉萨皮革厂站在了时代的“三岔口”，不断改革，适应市场，是其唯一的出路。下一节，我们将为您继续讲述机遇与挑战并存的拉萨皮革厂，如何以自己的方式打开市场，砥砺奋进，再创佳绩。

【主持人】1959 年，前身为青海省格尔木昆仑皮革厂的拉萨皮革厂搬迁到堆龙河畔，1960 年正式建厂投产。从生产第一张皮革、第一双皮鞋开始，拉萨皮革厂旗下的“亚缂”品牌产品已伴随西藏人民走过了58年风雨历程，已然成为了我区规模最大的皮革综合生产龙头企业。在网络经济快速发展的今天，拉萨皮革厂面对巨大的市场冲击，积极找准发展定位，破浪前行，不断迎合着时代的发展，满足市场的需要，并努力探索出一条符合企业长足发展的道路。继续今天的“见证改革·记录发展”专题报道。

【解说】上个世纪90年代，相对孤立的拉萨市场彻底融入全国市场中，款式新颖、价格实惠的内地皮革制品大量涌入拉萨，使得原来可以占有市场销售10%左右的拉萨皮革厂产品，逐步下降到3%。面对危机，拉萨皮革厂果断决定与内地同行合作进行贴牌加工，把本地的牦牛皮运到内地，找到一个合适的工厂，按照市场需要的款式做成皮鞋，其中的技术标准必须完全符合拉萨皮革厂品牌的要求。不仅如此，拉萨皮革厂还举全厂之力，抓紧开发专利产品，并拥有了“牦牛裘皮”等三项专利产品。2013年，皮革厂又遇到新问题，这年拉萨市区基本实现了光纤网络全覆盖，入驻快递公司超过15家，网络购物开始普及，皮革厂在西藏各地的实体店受到了极大的挑战。

【同期】拉萨皮革有限责任公司董事长陈小云：2012年以后，我们也招聘了一些大学生，有相关专业知识的，近两年来就在搞网络营销，包括店面的营销模式都在做一些改变，产品结构不断地在改善。我们想尽力把皮革制品做得更好，让牦牛皮在西藏的销售范围扩大，也带动农牧民增收。

【解说】为了打破以往陈旧和单一的销售模式，积极寻找更为广阔的销售渠道，彻底消除制约产品销路的瓶颈，不断拓展业务，2017 年 6 月，拉萨皮革厂建立了“亚绛”销售公司，其负责销售公司生产的所有产品。与此同时，为了不断满足市场需求，大幅度提高销售量，拉萨皮革厂着手开展电商业务，以此达到线上线下同步销售，力争实现更大的经济效益。

【同期】拉萨皮革有限责任公司副总经理玉珍：现在我们已经开始着手电商这一块业务了，大概今年 9 月份展开网上销售。我们可能会往前推一步，全区的消费者乃至全国的消费者，都可以通过网络看到我们的产品，看到皮革厂的新面貌。消费者在线上、线下都可以订购到他们所需要的产品。

【解说】在时光的漫漫长河里，拉萨皮革厂是所有西藏人民记忆中抹不去的岁月痕迹。在时代的发展历程中，拉萨皮革厂虽历经了市场经济一浪又一浪的冲击，却依然能够坚强挺立，昂首阔步。未来，在这片阳光充沛的高原上，它还会带给我们更多的温暖与感动，也见证拉萨更为华丽的发展篇章。

兴水利民润沃土
——拉萨市水利事业发展综述

记者：杨璐　葛红奇

【导语】 改革开放40年来，在党中央的亲切关怀下，在自治区的大力支持下，我市坚持中央水利发展方针，立足拉萨水利发展现状，围绕全面建成小康社会，努力实现经济持续发展、农牧民持续增收、粮食稳定增产的目标。全市水利建设呈现出保障有力、发展加快、管理加强的良好态势，有力促进了我市经济社会发展。

【解说】 以前拉萨到了冬季，拉萨河流水量减少，河两岸成了荒滩地，河道上尘土飞扬，气候非常干燥，给居民生活带来不便。如今的拉萨河畔，水鸟盘旋水面，成群的鱼儿掠过湖面，风景如诗如画。在三号闸作用下，宽阔的湖面上真正呈现出了“落霞与孤鹜齐飞，秋水共长天一色”的美景……而这只是改革开放40年来我市水利建设发展的一个缩影。

问河哪得清如许？为有“河长”治河来。近日记者来到拉萨河的三号闸看到，区级河长彭措次仁正在巡河。自正式“上岗”

担任河长以来，巡河成了彭措次仁的“必修课”。

【同期】区级河长彭措次仁：目前我们三号闸河段“河长制”工作也是严格按照我们市委市政府对河长工作制的要求，也是通过“河长＋警长＋公众河长”这样一个模式来开展。平常我们主要是对河段部分的垃圾、水体污染等清理工作进行管护，同时也积极吸纳我们社会和辖区的一些居民，参与到我们河湖的保护工作中，着力解决侵占河道、非法采砂、非法捕鱼等一些河湖保护的突出问题。“河长制”工作开展以来，整个河段沿线这块的工作得到了很好的成效。

【解说】据市水利局相关负责人介绍，我市“河长制”工作机制全面建立，市级、12县（区、管委会）、65个乡（镇）工作方案已全部印发，建立起了拉萨河及骨干河流、湖泊河（湖）市、县、乡、村“四级”河（湖）长制，设立河长558名，编制《拉萨市全面推行河长制河湖、河长名录》，设立河长公示牌363个，明确河长职责、河流概况、监督电话。同时，推出“河长＋警长＋公众河长”模式，初步形成全民参与、社会共管的良好氛围。采取招收公益性岗位、政府购买服务等方式解决一线工作人员不足问题，实现中心城区段每公里1人，中心城镇段每2公里1人进行管护。对拉萨河等12条骨干河流开展水功能区划，全市8个水功能区达标河长727千米、达标湖泊面积1920平方千米，达标率100%。

【同期】拉萨市水利局河长办工作人员次央：拉萨市河长办

设立公示牌的目的有两点，一是为了让“河长制”工作更好地接受社会的监督，落实责任主体；二是为了通过积极宣传发动群众参与，齐心协力，治水护水。有了河长公示牌以后，群众就可以第一时间向河长反映情况，保护好自己美丽的家园，为河湖生态永续贡献自己的一份力量。

【解说】如果说山是城市的脊梁，那么河流就是城市的灵魂。清澈的河流、迷人的水景，赋予拉萨这座文化底蕴丰厚的城市更多灵动和活力，平添了几许水光潋滟的神韵。

40 年来，我市共建成小型水库 13 座，总库容 958 万立方米，中型水库 1 座，库容 1470 立方米。40 年来，全市共建成大小供水工程 611 处，供水能力 9198.6 立方米。到 2017 年，全市灌溉面积达 62.2611 万亩，有效灌溉面积 47.3029 万亩，节水灌溉面积 5.95 万亩。40 年来，全市建设大小防洪工程 59 处，治理河道 1377.73 千米，到 2017 年，保护 157 个村组、20.51 万亩农田不受侵害，保护 29496 户群众生命财产安全。

【同期】市水利局河道管理科科长米玛桑珠：今年 4 月 29 号，下发了市级的全面推行“河长制”的实施方案，包括各县（区）也已经下发了实施方案。我们严格按照实施方案的时间节点和具体要求，主要加强水资源的保护、加强河湖水域岸线的管理、加强水污染防治、加强水环境的治理、加强水生态修复，还有加强执法监管这方面的力度。全面推行“河长制”这项工作就是一个系统的工程，一项复杂的工程，也是一项要长期坚持的工作。

青藏铁路通车12载 “天路”架起雪域金桥

记者：次珍　洛桑

【导语】2006年7月1日，世界上海拔最高、高原线路里程最长，被青藏两省区各族群众亲切地誉为“经济线、团结线、生态线、幸福线”的青藏铁路正式通车运营。12年弹指一挥间，这条“钢铁巨龙”，跨过了雄鹰飞不过的山，架起了“世界屋脊”通向祖国内地乃至世界的“桥梁”，更架起了西藏各族群众致富奔小康的“金桥”，为雪域高原的改革发展稳定写下了浓墨重彩的一笔。

【解说】和通车后的无数个日日夜夜一样，每天，当数趟列车载着旅客缓缓驶入拉萨火车站时，这些或探亲、或旅游、或务工的人，通过青藏铁路数十年如一日平稳、安全的输送，真实地感受到了这条神奇的天路带来的无穷魅力，享受了铁路出行带来的便捷与畅快。

【同期】旅客洪大永：我们每次进藏都是选择坐火车来。我们选择坐火车的首要原因是沿途的风景，特别是到了格尔木开始换火车时，我们能看到藏羚羊、牦牛，还能看到雪山，看到圣湖等风景，大家都觉得特别漂亮。

【解说】一组数字能直观地反映12年来拉萨火车站运送旅客发生的变化：2006年，拉萨火车站发送旅客35.8万人次，到达旅客30万人次；2007年发送旅客78.5万人次，到达旅客80.1万人次；2017年旅客发送较2007年增幅158.8%，到达旅客较2007年增幅155.8%。据统计，自2006年7月1日通车运营以来，截至目前，拉萨火车站共发送旅客1353.5万人次，到达旅客1395.5万人次。始发列车从起初的4对增至7对，高峰时期可达9对。

【同期】中国铁路青藏集团有限公司拉萨车站车间副主任坚真：拉萨站的各个设备有了很大的变化，之前售票大厅也没有自售区，现在拥有8台自助取票机，为旅客提供了方便。为了方便异地旅客购票，在拉萨、山南、林芝市内增加了好多代售点，为旅客出行提供方便。

【解说】拉萨火车站的发展与变化，铁路职工最有发言权。在拉萨火车站工作已有12年的央宗，作为中国铁路青藏集团有限公司的第一批委培生，从2006年5月毕业至今，她在自己的工作岗位上，亲眼目睹了拉萨火车站12年来，无论是旅客发送量、设施建设，还是便民服务都在不断地发生着变化。

【同期】中国铁路青藏集团有限公司拉萨车站售票计划员央宗：通过12年的发展，我们的作业量由原来的窗口单一人工往现在的智能化发展，这对我们的业务要求越来越高。我们每年都会在北京接受两期培训，培训内容主要以互联网为主。在今后的工作中，我也是要学习很多的技能，才能适应现在的工作。

【解说】采访中，央宗还告诉记者，作为青藏铁路线上的一名藏族女性“铁路人”，能为当地群众及旅客服务，她感到十分荣幸、无比自豪。

【同期】中国铁路青藏集团有限公司拉萨车站售票计划员央宗：我很自豪在青藏铁路拉萨站工作，工作这么多年我感触最深的就是车站的整体服务质量，还有各种服务设备日益更新，为旅客带来更多的方便，越来越便捷。特别是 8801 和 8803 这两趟拉萨发往日喀则的车，我们也积极做好服务。对藏族聚居区年龄比较大又不懂汉语的旅客，我们也是一直在这边做好引导，保证旅客能正点上车。

【解说】“那是一条神奇的天路，把人间的温暖送到边疆，从此山不再高路不再漫长，各族儿女欢聚一堂……”一条青藏线，穿越历史和未来；一条通天路，寄托梦想与期待。青藏铁路，如同一条洁白的哈达，它是祖国和全国各族人民献给雪域高原的深情祝福。未来，这条圣洁的“哈达”，还将继续为西藏翻开走向全国、走向世界的崭新一页，为西藏的经济发展和社会进步发挥更大的推动作用，引领高原儿女走向更加幸福、美好的明天。

青藏铁路通车 12 载
铁路成为西藏主要货运渠道

记者：次珍　洛桑

【导语】自青藏铁路开通运营以来，拉萨西站充分发挥铁路运输安全系数高、运行速度快、运载能力大、运价成本低的特点，一直以来担负着进出藏物资货物列车的接发和解编作业，是国内海拔最高、运量最大的铁路货场。从 2006 年拉萨西站货物到发量 32.9 万吨猛增至 2017 年货物到发量 519.7 万吨，实现增长率 1480%，有效拉动了全区经济又好又快发展。

【出镜】记者次珍：我现在是在西藏最大的铁路货物运输窗口站——拉萨西站货场。2006 年 3 月，拉萨西站货场正式投入使用，货场目前面积为 67 万平方米。从 2006 年到 2017 年，货物到发量翻了近 16 倍，铁路货物运输的畅通，为我区经济的持续发展提供了强有力的保障。

【解说】当记者来到拉萨西站货场时，眼前一派火热的装卸货物场面。从全国各地发送过来的建材、水泥、钢铁、百货等各类货物，工人们有序地将其分类后，正在进行整车搬运、装卸工作。

采访中，拉萨西站党支部书记张卫东告诉我们，货场刚开通时，只有 4 条货物线。2011 年，新建货物线投入使用。2016 年，将货场二线漏天站台改造为雨棚，并新增货位 42 个，极大地提高了成件怕湿货物的装卸车能力。同年，货场又增加了集装箱正面吊 1 台，缓解了集装箱装卸能力不足的状况。目前，货场现有到发线 8 条、货场线 5 条、专用线 7 条。这些年来，货场大力发展机械化作业，先后添置了叉车、托盘、登车桥等装卸设施，使货场装卸机械化作业率由原先的 45% 提升到了目前的 80%，进一步提高了装卸作业效率。

与此同时，随着货物运输量的不断增加，拉萨西站原有的营业厅早已不能满足目前的业务需要。2011 年，拉萨西站新建营业厅正式投入使用，每天到营业厅办理货运业务的客户络绎不绝。新建的营业厅环境干净整洁、功能齐全且各个窗口分工明细，极大地提高了业务办理的效率，得到了客户的交口称赞。

作为青藏线扩能改造的重点，拉萨西站货场于 2016 年 10 月正式动工实施改扩建工程。目前，拉萨西站货场扩建改造正在进行当中，预计今年 8 月份完工，届时年吞吐量预计可达 800 万吨左右。

【同期】中国铁路青藏集团有限公司拉萨西站党支部书记张卫东：我们是从 2015 年开始对西站改造的，增加了 32 万平方米，新添 6 条线，在现在的基础上，再增加一个货场，将近占了一半的面积。改造之后，全国各地发往拉萨西（站）的货就没有了限制，客户需要什么时候到，我们就什么时候送到。

【解说】自青藏铁路通车运营以来，西藏的消费市场也在逐年增加，在拉萨西站货场拉运货物的物流公司也越来越多。许多物流公司瞅准了商机，正逐步增加着业务量。

【同期】物流公司经理马福俊：我们堆龙华宇物流公司与拉萨西站货场合作已经有 6 年时间，随着青藏铁路运输货物量的逐年攀升，我们的业务量也在增多。西藏的政策非常好，我们物流行业的前景也十分好。今后，我们也会更好地为西藏人民做好服务。

【解说】拉萨西站货场投入使用 12 年来，作为进藏物资的重要转运点，它是西藏最大的铁路货物运输窗口站。同时，该站也推动和见证了西藏的发展变迁。

【同期】中国铁路青藏集团有限公司拉萨西站党支部书记张卫东：青藏铁路通车已经有 12 年了，我们拉萨西站货场为西藏地区运输事业，为西藏经济社会发展做出了积极的贡献。未来我们拉萨西站货场一如既往以“挑战极限、勇闯一流”的青藏铁路精神，为西藏人民做好服务。

新时代谱写新篇章
我市体育事业取得长足发展

记者：兰炼平　王人聆

【导语】体育是强国之举，改革开放40年来，在经济快速发展的同时，我市体育事业工作者大胆突破、攻坚克难，推动我市全民健身事业迈上了新台阶，取得了新成效，为推进健康拉萨建设和全面建成小康社会做出了巨大贡献。

【解说】2016年10月19日，拉萨市体育局成立。自成立以来，市体育局积极开展各项工作，使得各项工作从无到有直至取得稳步的发展。

【同期】拉萨市体育局局长王宁：改革开放以来，拉萨市广大体育工作者认真贯彻落实《中共西藏自治区委员会西藏自治区人民政府关于进一步加强和改进新时期西藏体育工作的意见》，坚持以科学发展观统领体育工作，不断深化改革，积极开拓进取，拉萨市体育局的体育事业有了长足进步。

【解说】2018年4月28日—5月14日，拉萨市首届运动会暨民族传统体育运动会成功举办。本届运动会是我市举办的规模最大、参与人数最多的综合性比赛，涉及社会各行各业各个年龄段，共有18个代表团，2000余名运动员、教练员、裁判员参加比赛。2017年，市体育局先后举办了第四届拉萨篮球联赛、拉萨市第四届“体彩杯”职工足球联赛、拉萨市第二届足球邀请赛等传统赛事活动。2017年4月17日—21日，体育局举办了拉萨市工间操培训活动，对市直68家单位进行第九套广播体操、《幸福拉萨》民族健身操的培训。通过举办一系列群众喜闻乐见的体育赛事，直接影响并带动参与体育人数达15万人次，极大丰富了广大市民的文化体育生活，达到了促进和谐、凝聚人心、振奋精神、引领发展的目的，鼓舞了全市人民为建设团结美丽健康幸福新拉萨助力。

【同期】拉萨市体育局局长王宁：经济的快速发展对体育事业提出了新的要求，要不断更新体育理念，强化组织保障，充分发挥北京、江苏援藏等优势，建立健全符合拉萨实际的体育管理体制和运行机制。努力深入挖掘体育与旅游、文化、健康等产业融合发展的潜力，多渠道增强体育服务和产品的有效供给，提高供给质量，推动我市体育事业发展迈上新台阶。

【解说】近年来，市体育局充分借助援藏省份资源，积极打造开发具有一定规模及影响力的品牌赛事，提高我市知名度。同时重点将“一县（区）一品”打造成“丰富多彩、群众喜闻乐见、地域特征和人文价值并重”的特色体育项目，以某个特色项目带动全民健身活动的持续开展，形成“以点带面，全面推进”的全民健身新格局。目前，拉萨建有市群众文化体育中心1个，总投资7.6亿元；全民健身活动中心7个；基本实现农牧民健身工程全覆盖；计划申请自治区体育彩票公益金建设拉萨市群众文化体育中心健身中心项目，将群众文化体育中心打造成拉萨市全民健身活动中心，最大限度地满足广大群众体育健身的需求，掀起全民健身的热潮。

【同期】拉萨市体育局局长王宁：我局将贯彻落实好习近平总书记在第十三届全运会上的讲话及自治区党委副书记、自治区主席齐扎拉调研拉萨市足球事业发展情况时的讲话精神，以增强人民体质，满足群众体育文化需求为目标，着眼打造品牌赛事，提升拉萨城市形象，促进体育产业消费，不断推动我市特色体育各项活动的开展，重点培养高水平体育专业后备人才，推动群众体育、竞技体育、体育产业协调发展。

大众创业　万众创新

大众创业、万众创新工作在拉萨持续深入开展，不断激发市场活力，增强全社会的创造力，凝聚改革发展正能量，激励更多有志青年闯出一片天地、成就一番事业、实现自身梦想，营造全社会鼓励、支持、尊重创新创业的良好氛围。

截至 2018 年 10 月，西藏自治区建设了高新区、可持续发展实验区、重点实验室（工程技术研究中心）、国家农业科技园区、国家“双创”示范区、科技企业孵化器、众创空间、大学生创业孵化基地、星创天地等创新创业平台，为西藏“双创”工作奠定服务基础。在西藏自治区已建成的 27 家众创空间中，其中拉萨市就有 19 家，这当中的“N·次元众创空间”“拉萨科技众创空间”等还被认定为西藏自治区级众创空间，成为国家备案众创空间，并纳入国家级科技企业孵化器管理服务体系。

2018 年，《拉萨新闻》对“双创”工作持续进行报道，并开辟“大众创业·万众创新”专题版块，讲述拉萨本土的创业创新故事，激励更多热血青年投身创业创新的热潮，为拉萨的经济社会发展贡献青春的力量。

强巴：
创业就是要去做更有意义的事情

记者：兰炼平　朱建之

【导语】2010 年，年轻的强巴成为一家手机维修店的店员，他不断地刻苦钻研，成为了店里手机维修能手，客人和朋友送给他“强布斯”的外号——一“姓”之差的乔布斯，是那个年代手机界如雷贯耳的名字。而打着“强布斯”的名号，强巴走上了创业之路，开始了他眼中最有意义的事情。

【解说】太阳岛圣马广场一楼，聚集着大大小小的数码店，相隔大约 20 米的两家“强布斯”门店不同却又相同。不同的是，它们一个经营电子数码产品，一个经营文化创意产品。技术流与文艺范，两家画风不同的店铺，却出自一个共同的老板“强布斯”——强巴之手。

“强布斯”数码生活体验馆，确实很“乔布斯”，几台展示桌上，苹果手机、平板电脑的模型摆在最显眼的位置。清晨是一天中店里生意最清闲的时候，却是强巴最忙碌的时候，制定工作计划、联系供货商、指导年轻店员……强巴的手机铃声响个不停、脚步移动不停。20米外的另一家店，也是同样的情形，时间在这样来回穿梭中一分一秒消逝，进入创业的第五个年头，强巴似乎更忙了。

【同期】强巴：随着企业发展得越来越好，需要做的事情、需要管理的人也越来越多，这时你又发现你的学识、你的能力的欠缺。虽然你自认为自己很有能力，但是真正去实践的时候，你会发现缺很多东西，专业的企业管理、财务上的一些问题、人事上的一些东西，是很困难的。

【解说】这几年，大众创业、万众创新的浪潮日盛，给他这样的创业者提供了学习、培训的机会。但是强巴并不满足于自我更新，他要把这些传授给年轻的店员，按照当初自己在手机维修店学习的步骤，从维修、销售、管理、财务等各个方面对他们进行全方位的培养。有朝一日他要把“强布斯”变成西藏通讯领域的龙头企业，为此他不仅需要这样的员工，也需要这样的“梦想合伙人”，一起去做更有意义的事情。

【同期】强巴：最开始创业的想法也是很简单的，要做一些事情，要生存，后来随着事业慢慢发展，就感觉其实生存这个目标已经达到了，我就想能不能再做一些更有意义的事情。

【解说】强巴告诉记者，2013年离开手机维修店时，他已是月入两三万元的维修工程师，衣食无忧。但这并不能令他满足，带着积攒的15万元，他远赴那曲，开办了自己的第一家手机店。经过两年的摸爬、试错和积累，2015年他又重回拉萨——当年那个因为15万元难以在拉萨立足的“强布斯”创办了如今这家公司和店铺。

5年时间，两家手机店铺，10多名员工，千万销售额，强巴的创业成绩单十分优秀。但是，井井有条的经营却又面对如何“去做更有意义的事情”这个创业的初心。

【同期】强巴：现在高校毕业生是很多的，但面对未来的出路与选择时，他们都比较迷茫。同感迷茫的还有乡村手艺人。像我们曲水县，有很多的手工技艺人，但是他们没办法也没平台把自己很好的技艺跟产品往外推出去。所以我在想，怎么样让高校毕业生和乡村手工技艺人这两群人擦出火花。

【解说】今年6月，强巴的二次创业开始了，强布斯文化创业有限公司开张，经过三个月的发展，文创产品设计、生产、推广、销售等各项工作正在紧锣密鼓进行中。从藏式建筑、民族风情甚至动物等元素中汲取的文化创意，变成一个个精致的手机壳、笔筒等小物件，即将通过互联网等渠道上市销售。

当梦想照进现实，当年那个“不忘初心”的“强布斯”强巴，仍继续前行。

土旦西绕：小笔尖　大梦想

记者：兰炼平　朱建之

【导语】利用近两年的时间，土旦西绕带领的创业团队发明了全球首款藏文钢笔及练习本系列产品。在填补市场空白、方便学生练习藏文书法的同时，也一步步实现着传承藏文“笔尖下的艺术”的创业梦想。

【同期】西藏博艺文化传播有限公司董事长兼总经理土旦西绕：我们通过试验了解这两个产品的短板，然后我自己研发出钢笔，刚好可以克服这两个困难，第一不需要重复蘸墨水，第二就说它跟竹笔一样有倾斜度，这是特别重要的一点。

【解说】采访中，土旦西绕向记者演示了“智剑”藏文钢笔与传统竹笔及市面上其他钢笔相比在藏文书写时的优势。土旦西绕告诉记者，他是一名藏文书法爱好者，却发现在此之前市面上买不到一款可以让他满意的藏文钢笔，能够在书写的规范与便利之间找到平衡。

为什么不自己做呢？找到用户和市场痛点的土旦西绕，终于在 2015 年初狠下心辞掉之前的稳定工作，和几个志同道合的小伙伴一起注册成立了西藏博艺文化传播有限公司，专心研发一款可以造福藏文初学者及爱好者的书写“利器”。经过近两年时间的不懈努力，从研发设计、申请专利、组织生产，终于在 2016 年 12 月 31 日，全球首款藏文书写钢笔及配套的练习本产品面世。

【同期】西藏博艺文化传播有限公司董事长兼总经理土旦西绕：我的创业带着两点理念。第一藏文笔尖的规范；第二，藏文书写画线比例的规范。围绕这两点，我们会做很多产品，就是希望通过这些产品，让更多的学生、使用者习惯用正规的书写比例书写藏文，习惯、认可、接受藏文笔尖书写。

【解说】土旦西绕介绍，“智剑”藏文钢笔的笔尖从粗到细分五种型号，适合从低到高各级藏文初学者及爱好者书写使用。作为一款才上市 9 个多月的新产品，“智剑”藏文钢笔已经成为一款爆品。他们在收获经济效益的同时，也传承着藏文书法艺术。

【同期】西藏博艺文化传播有限公司董事长兼总经理土旦西绕：全区的市场我们都已经占了，尤其是拉萨，我们将其作为一个重点市场。现在几乎所有小学门口的文具店里都有我们的产品。随着大家对藏文钢笔的认知、认可，相信以后我们产品的销售会逐步往更好的态势发展。

西欣众创空间"双创"孵化小记

记者：郝奕凝　葛红奇

【导语】西欣众创空间是我市一家综合类众创空间，为入驻企业提供资金、场地、技术、人才等各方面的扶持，帮助创客更好地创业，更好地实现自己的创业梦。

【配音】明媚的午后，记者来到位于拉萨经开区的西欣众创空间。映入眼帘的是墙上贴着的各种创业激励口号，创业青年们正在西欣课堂交流创业经验，处处洋溢着创业创新的浓厚氛围。

西欣众创空间是一家定位于教育、文化、科技方向的综合类服务众创空间，集企业孵化、共享办公、投融资于一体，通过整合本地创业资源要素，结合园区配套设施，搭建一个具有共享办公、人才交流、技术分享、市场拓展、项目对接的一站式平台，为创业团队与企业提供便捷、高效的服务。

【同期】西欣众创空间负责人张禹：在成立之初，我们就引进了 108 家企业，作为文化孵化对象，我们对入驻企业提供了场地免租、光缆免费使用的权利。同时，我们也和西藏大学、西藏职业技术学院还有中职进行结对子，对自愿创业的大学生的项目进行考核，通过后对其进行资金的注入，做相关的服务工作，比如免费的工商注册，免费的律师服务，免费的会计事务所的会计服务，对企业的产品和宣传进行免费的推广。

【配音】在西欣众创空间见到创客强巴加措时，他正在西欣课堂和朋友交流创业心得，大家你一言我一语，相互启发，碰撞出思想的火花。强巴加措的创业史可以追溯到大三时，那时，他来到西欣众创空间实习，深深被这里浓厚的创业创新氛围所吸引，在心底萌生了创业的想法。

【同期】创客强巴加措：做氆氇还是受家乡的影响，从小接触了解到氆氇，在拉萨这么多年，见到很多氆氇产品的出现，受到一些启发，所以创业时，选择了我最熟悉的氆氇。从前期的工作，还有中间的一些运营过程和后期的发展态势来看，相比西藏的其他特产，我自己更看好氆氇。我的目的就是外面的人一想到西藏，除了冬虫夏草跟牦牛肉干，还可以想到氆氇。我想把这个推广下去。

【配音】大学毕业后，强巴加措与几个志同道合的同学一起注册了公司“泰博特”，开始了创业之路。创业过程中，西欣众创空间为他们提供资金支持、市场调研、办公场所、政策指导等贴心服务，帮助公司发展壮大。

【同期】创客强巴加措：西欣众创在企业初创期间，对我们孵化这一块提供了前期的一些资金投入和专业的教师指导。他们还会带领我们观察市场，研究市场。关于政府的优惠政策，都有专业的老师针对性地给我们讲解。西欣对我们最大的帮助就是前期的资金扶持，还有场地的提供。

【配音】今后，西欣众创空间将进一步整合人才及资源优势，不断创新服务模式，拓展服务功能，提升服务能力，帮助所有有梦想、有创新精神的创业团队投身到大众创业、万众创新的时代洪流中，助力创业创新者实现自己的创业梦，帮助更多的创业创新者走得更远，飞得更高!

【同期】西欣众创空间负责人张禹：为了更好地让他们在西欣众创安心地创业，我们进行了第三期的扩建。2018 年 3 月动工，修了面积为两万九千多平方米、楼层为四层的厂房，完工是在 10 月底，正式对入驻企业开放的时间是 11 月初。

【配音】创业推动发展，创新激发活力。如今，大众创业、万众创新已成为时代鲜明的主题，无数怀揣梦想的年轻人投身于创业创新的浪潮中，演绎着一个又一个精彩传奇。

筑巢引凤
打造高原“双创”新高地

记者：郝奕凝　措尼

【导语】“慈觉林藏院风情街”是西藏文化旅游创意园区首个以文化旅游为主题的商业街区，自2015年5月1日运营以来，始终坚持围绕“文化旅游”这一核心，吸引创业创新者齐聚于此，形成了集藏式传统工艺零售、特色餐饮、主题客栈、休闲娱乐于一体的商贸企业集聚区，并积极探索具有西藏特色的“双创”新路径，推进大众创业万众创新向纵深发展，打造西藏文化旅游“双创”高地。

【解说】站在风情街上远眺，河对岸的布达拉宫遥相辉映，拉萨市区景色尽收眼底。位于文创园文成公主九号楼、十号楼的西藏顶戴花翎泛文化艺术空间里，琳琅满目的工艺品技艺精湛，惟妙惟肖。

顶戴花翎泛文化文创实训艺术空间是一家集文化产业集成与孵化、校企合作、文化创意、艺术展示交流、文化产品研发为一体的泛文化艺术交流及运营平台，其创始人张未是国际工艺美术大师、中国传统工艺大师、中国朱玉文化艺术领航者，并荣获了中国民间文物最高荣誉奖云工奖金奖。西藏丰富的文化资源吸引他来到这里做工艺品的同时，通过对中小文化企业的孵化和扶持，结合实训、课程路演、项目合作等方式，推动并助力本地文化企业提升和发展。

【同期】顶戴花翎艺术空间创始人张未：我们主要做的就是校企合作和应届、往届大学生的孵化（这方面的工作），培养他们掌握一些技能。培训过了以后，把藏族的孩子，包括高校大学生和没有“敲门砖”的以及没有文凭的孩子送入企业里，告诉他们究竟怎么去好好工作，怎么去找到自己的未来。

【解说】在云上和美主题酒店，来自日喀则的片多正跟着店里的专业调酒师学习调制饮料。大学毕业后，片多通过应聘来到酒店，负责前台接待工作，一个月有近 4000 元的收入。这份工作增强了片多与人沟通交流的能力，增加了她的社会阅历。

【同期】云上和美主题酒店员工片多：我们在这边闲着的时候，也跟着里面的师傅学调饮料、做咖啡之类的（手艺）。以后有机会我也在家乡创业，开一家咖啡厅。

【解说】云上和美主题酒店是慈觉林藏院风情街第一批入驻的商户之一，通过拉萨市招商引资入驻的，风情街为酒店发展提供了优厚的条件和广阔的发展平台。在谋求自身不断发展的同时，云上和美主题酒店给员工提供广阔的舞台去实现其自己的人生价值，最终实现公司与人才的互动双赢，协调发展。

【同期】云上和美主题酒店负责人曹志：新员工的到来试用期只有3天，方便大家更快地进入工作角色。在工作之余，我们为我们的同事提供一些小技能的培训，包括制作糕点、调制饮品之类的培训，提高大家的技能，为他们的将来提供更多的就业机会。

【解说】随着大众旅游时代的到来，特色民宿如雨后春笋一般飞速发展。在风情街二期的拉萨故事商店民宿，古朴典雅的设计风格，现代化的生活理念，安静怡然的居住环境，一桌一椅、一饰一物，无不透露出休闲、自由的田园生活方式。

【同期】故事商店民宿负责人王晓宇：做一些创意创新的，想打造一个艺术氛围比较浓的环境，会经常组织旅行沙龙、电影分享会，还有读诗分享会等活动，想把文化的氛围搞得更浓一些。

【解说】店里的服务员格桑措姆是土生土长的慈觉林村人，他白天在该民宿做兼职，晚上在《文成公主》藏文化大型史诗剧做演员，每个月有四五千的收入。风情街的发展、无数创业者的扎根，为像格桑措姆一样的当地人提供了就业岗位，让他们在家门口实现了就业，日子越过越红火。

【同期】园区就业者格桑措姆：在家门口就业，还能学到很多新知识，我非常喜欢在这里工作。

【解说】与布达拉宫隔河相望，独揽拉萨城全景，以西藏传统聚落空间形态，依山而建，结合传统藏式建筑风貌及现代设计概念，形成丰富多彩的院落空间。现在，慈觉林藏院风情街一、二期的53000多平方米共入驻57家商户，入住率达到100%，运营情况良好。

【同期】拉萨市和美布达拉文化创意产业发展有限公司品牌推广负责人李兆：首先我们入驻的租金和相关配套有一些减免，第二个是对他们在经营和管理上提供咨询服务，在办证、财务管理方面我们也有一些相应的配套措施，给他们提供一些支持。

【解说】下一步，慈觉林藏院风情街将以创新、创意为驱动，在现有文旅业态的基础上，完成创业创新的布局，为风情街提供可持续、创造性的内容动力，营造独特的风情街文化生活氛围，为企业提供优质服务，通过“筑巢引凤”吸引更多优质企业入驻，共同打造富含创意魅力的独特商贸集聚区，打造西藏文化旅游“双创”高地。

逐梦拉萨“创时代”

记者：刘菜清

【导语】创业是就业之源，创新是引领发展的第一动力。近年来，“大众创业、万众创新”在拉萨河畔播撒着希望的种子。在一系列暖政的孕育下，创业创新的种子催生出一片片嫩芽，在阳光雨露的滋润中尽情生长、尽情绽放。

【解说】实实在在的数字最能体现我市“双创”工作的丰硕成果。截至2018年6月，我市已建成众创空间27个，创业创新示范基地20个，调整优化商贸集聚区16个。全市授权专利总数已超2200项，高新技术企业已增至29家。由“双创”工作带动的创业就业人数不断增加，仅2018年上半年小微企业新增就业8235人。

为推动“双创”工作大力发展，激发大众创业创新热情，在政策措施方面，我市提出了探索“一条新路子”、坚持“两轮驱动”、紧盯“三大目标”、完善“四大体系”、创造“五优条件”、形成“六位一体”的“123456”创业创新发展战略。加强对“双创”工作的顶层设计，从平台建设、试点孵化、市场主体培育、环境优化、资金支撑5个方面支持创业创新，推动“双创”升级。创新体制机制，积极推行“商事制度改革”“一站式便民服务”“放管服”等一系列强有力的措施和办法，实行精准对标、建立长效机制，释放首府城市活力，激发创业就业热情。

我市大力实施创业创新载体建设计划，通过盘活各县（区）园区闲置场地、依托特色资源、优化空间布局，鼓励大中型企业、院校等社会力量投资建设或管理运营孵化载体，发展创业咖啡、创新工场等新型孵化器。

【同期】西藏职业技术学院学生普琼达：政府提出的“大众创业、万众创新”政策挺好的，我以后也想创业，有这样的想法。

【解说】我市为创业创新提供多元化的金融扶持，积极引导金融机构结合小微企业特点不断创新和优化金融特色产品和服务。开通了小微企业绿色通道，简化办贷手续，提高审批效率，优化放款流程，提升金融服务。截至 2018 年 6 月底，驻市银行为小微企业放贷资金达 418.62 亿元，平均申贷获得率为 92.73%。

【同期】自治区劳动就业服务局副局长格桑：（这些好做法）营造了一个非常浓厚的创业创新氛围，特别是对于高校毕业生的就业起到了推动的作用。

【解说】聚焦特色产业，构建“双创”工作新格局。我市依托优势产业，围绕乡村振兴战略，着力打造达东“双创”生态旅游小镇、才纳现代农业创业小镇和城关区智昭净土健康产业小镇，加强特色市场主体培育，促进“双创”与文化旅游、净土健康、民族手工艺等产业深度融合、协同推进，构筑独特的拉萨“双创”产业发展体系。

创业创新服务平台 打造双创示范基地

记者：扎罗　璞珍　王人聆

【导语】拉萨高新区众创空间自投入运营以来，先后挂牌“拉萨高新区人才基地”“全国大学生创业示范基地”和“西藏自治区众创空间示范（培育）基地”，将集中所有力量建成拉萨的创意集中地，打造高新区“互联网 +”经济引擎。

【解说】拉萨高新区 N 次元众创空间位于柳梧新区的国际总部城，于 2016 年 8 月 12 日正式启动运营。众创空间配备了完善的软硬件设施，包括产品展示厅、成果发布厅、众创工作间培训室、会议室、众创书城、众创咖啡厅等，为小微创新企业和个人创新企业提供良好的工作空间、网络空间、社交空间和资源共享空间。

【同期】N 次元众创空间副总经理郭学英：我们现在这个 N 次元众创空间呢，主要是为所有的创业者提供一个便利化、全要素、开放式、低成本的创客空间。目前我们创客空间入驻企业有 59 家，其中科技型企业有 19 家、服务类的有 8 家，还包括藏医药、信息技术、文化传媒等各类企业。

【解说】拉萨隆达文化传播有限公司2016年入驻众创空间，作为一家西藏大学生自主创业企业，年轻的创业团队以发扬民族文化为导向，创作并推出了多项经典作品，逐渐成为了区内行业的翘楚和标杆。

【同期】隆达传媒配音演员莎珍：我叫莎珍，去年刚毕业就在这边工作。我们公司是首届大学生自主创业型公司，主要以动漫制作、影视创新、影视译制还有电子商务为主营项目。我们公司先后推出了《中华弟子规》《战地黄花》等译制剧，特别受大众喜欢。我们公司今后也打算推出一些具有民族特点的原创动漫。

【解说】高新区众创空间开业以来，定期开展创业讲座、导师辅导、教育培训等创业创新活动，共举办了30余场包括创业宣讲、创业创新培训、项目对接洽谈会等创业创新活动，开展了多种创业创新培训、讲座10余次，参与总人数突破2000人次，其知名度和影响力迅速增强。

【同期】N次元众创空间副总经理郭学英：在软服务上面我们希望能够加强，包括建立一个项目库，也就说对后期一些入驻的创业团队，我们能够给他们提供一些最初的项目，让他们能够踏上创业这条道路。建立这个项目库后，让创业团队选择自己能够真正从事的项目，其次再给他们建立一个专家库，也就是导师库。通过导师对他们创业项目的辅导，让他们真正去实现自己的创业梦。

【解说】这位负责人表示：下一步，高新区 N 次元众创空间将依托成熟的技术平台，建设全链条创业创新生态新体系，打造孵化能力强、孵化要素齐全的孵化区域，建成全自治区创业创新生态链较为完整的众创空间。同时，还将结合拉萨地域特色，加快创业项目落地孵化，支持中小微企业加强技术创新、商业模式创新和管理创新，形成一批“小而强”“小而优”的“隐形冠军”。

创响新时代　共圆中国梦

记者：郝奕凝　洛桑

【导语】经过初赛、启动、强化训练、复赛等环节，27日，第三届“中国创翼”西藏赛区选拔赛暨西藏自治区第一届创业创新大赛迎来巅峰对决，10个项目展开精彩角逐。

【解说】发展是永恒的主题，创业是时代的召唤。此次大赛以“创响新时代　共圆中国梦”为主题，力求体现大众创业、万众创新的时代特色，为西藏创客们提供施展本领、展示才华、相互交流、相互学习的综合性平台。

【同期】自治区劳动就业服务局副局长格桑：全区七地市有50多个项目参加比赛。从全区的创业大赛来讲，这是规模最大的一次比赛，受到了各级政府、社会各界的高度关注。

【解说】据了解，这是“中国创翼”首次走进青藏高原，落地圣城拉萨。此次赛事覆盖西藏全区各地市，参赛项目涵盖了互联网、新能源、制造业、教育、旅游综合开发、农业、服务业等多个领域，为西藏这片年轻的创业热土带来了希望和机遇，也是对西藏创客成果的一次检阅。

【同期】决赛评委、四川省创业导师团导师王释德：创业者这种激情是非常（值得）尊重和佩服（的），特别是手工业者，他们的传承，包括藏药，1200 年的传承，手工几千年的传承，这种价值太大了……这些项目，特别是手工业者，量产是他们面临的困境，怎么可以实现手工业、制造业的传承性的量产，这是他们面临的一个问题。

【解说】项目展示加评委答辩，进入决赛的创业组 4 个项目、创新组 3 个项目和专项组 3 个项目，共计 10 个项目的负责人用精彩纷呈的路演展示着自己项目的特色、亮点。评委则以独到的专业知识为各个项目点评。经过近两个小时的角逐，“油”情天下、“香”伴万家——互联网 + 隆达菜籽油项目以 94.13 分的成绩获得创业组一等奖，巴扎嗨提神醒脑湿巾项目以 94.53 分的成绩获得创新组一等奖，墙星写字板、藏式点读笔项目则以 95.2 分的成绩获得专项组一等奖。这三个项目将代表西藏参加全国总决赛。

【同期】创业组一等奖获得者项目代表莎珍：特别荣幸我能代表公司带着这个项目参加这次比赛，获得创业组的一等奖，能够代表我们西藏去参加全国总决赛。我们公司现在主要以“互联网 + 隆达菜籽油”这样一个形式去推广我们的产品。现在全区双创政策特别好，我们也会利用好这个平台，去推广我们的产品，将我们的产品推向全国，也希望能够带动更多的老百姓和群众就业增收。

【解说】参赛选手们纷纷表示，将以此次大赛为契机，研究并开展更多好项目，为西藏的经济发展、社会进步添砖加瓦。

精准扶贫　精准脱贫

自精准扶贫精准脱贫工作开展以来，我市立足脱贫攻坚实际，开拓创新、积极进取，在脱贫攻坚实践中实施以业脱贫、以迁脱贫、以教脱贫、以补脱贫、以保脱贫、以助脱贫6项精准扶贫措施，开创出多个行之有效的脱贫攻坚经验做法，助力贫困群众走上脱贫致富之路。

坚持把脱贫攻坚工作与深入实施“党建统市”战略相结合，与产业发展相结合，与新型城镇化建设相结合……这些举措进一步强化了基层组织的战斗堡垒作用，强化了致富带头人作用；发挥了各县（区）生态环境和自然资源优势，培育优势特色产业，带动和帮助贫困群众发展生产，让贫困群众吃上“文化饭”，搭上“旅游车”；推进城镇建设及合理布局，实施贫困群众易地搬迁，实施“四业工程”，就近解决搬迁群众就业问题，帮助贫困群众彻底“拔穷根”。

《拉萨新闻》也始终将精准扶贫精准脱贫的宣传报道作为工作的重中之重，并坚持常抓不懈。仅2018年以来，栏目播出相关报道200余篇，其中专题报道50多篇。今选择其中部分内容，汇编于本书中。

搬离贫困　迁来幸福

记者：杨璐　洛桑

【导语】我市将大力实施易地扶贫搬迁工作作为全市脱贫攻坚的“当头炮”和“集结号”，以挪“穷窝”、换新颜、改穷业为目标，统筹用好扶贫资源，完善基础配套设施，增强搬迁群众后续发展能力，助推脱贫攻坚展现新气象、新风貌、新成效。

【解说】精准扶贫，安居乐业是关键。我市依据易地扶贫搬迁工作确定的基本原则和目标，针对“一方水土养不起一方人”的难题，认真摸底调查建档立卡贫困群众规模及分布状况，精准识别搬迁对象，实现了群众搬迁情况及后续脱贫措施落实情况可查询、可追踪、可追溯，对及时掌握脱贫情况，研究脱贫措施提供了信息保障，让困居在恶劣生存环境中的群众真正实现搬出“穷窝”，迈向新生活。

曲水县“三有村”是全区首个建成并实现搬迁入住的易地扶贫搬迁点，成为全区乃至全国易地扶贫搬迁样板工程。空港新区是我市新一批易地扶贫搬迁点，搬迁群众以建档立卡贫困人口为主要对象，通过以迁脱贫、以业脱贫等多种措施相结合的方式，使搬迁点群众有了发展致富奔小康的信心和动力。如今走进空港新区易地扶贫搬迁点，一栋栋漂亮的藏式房屋整齐排列，一条条硬化的道路干净整洁，一幅崭新的宜居画卷徐徐展开……走进群众美多家的院子，宽敞的新居、崭新的家具，都昭示着这家人生活的幸福与温暖。美多的丈夫普布告诉记者，以前，他打工走到哪儿，全家人就跟到哪儿，居无定所，生活也很困难。现在，他们一家搬进了空港新区易地扶贫搬迁集中安置点的新居，彻底告别了以前漂泊不定的生活。家里的三个孩子，一个即将参加工作，另外两个也在位于安置点的甲日完小上学，妻子还有生态补偿金，生活充满了他从未想过的幸福与快乐。

【同期】搬迁点群众普布：以前在拉萨租房子住，供两个孩子上学，自己一个人外出挣钱，收入不高，生活比较困难。2016年政府给了我们这套房子，在生活上也给了我们很多照顾，发放给我们的生活补助金也不少。现在自己外出打工也没有太大的压力，衷心感谢党和政府。

【解说】空港新区易地扶贫搬迁集中安置点位于甲竹林镇朗杰村与新村的交界处，地名“甲控”。安置点项目投资 3408.41 万元，总用地面积 28279.3 平方米，建设用房标准为 1 至 3 人 120 平方米 41 户、4 至 6 人 150 平方米 35 户和 7 人 180 平方米 7 户。2016 年 7 月开始施工建设，11 月底完成搬迁入住，目前共有 82 户 307 人搬迁户。

【同期】空港新区甲竹林镇镇长廖立国：自从我们这个项目

实施以后，我们的居民告别了以前的交通不便，告别了环境的脏、乱、差，旧社区和村庄也焕发出新面貌……下一步的规划呢，就是在我们的搬迁点附近建幼儿园，建一个九年一贯制义务教育学校，还会建警务室，也会进一步完善医院、卫生所的医疗配套设施。

【解说】养殖点、学校、警务室、卫生所……拥有这些完善的公共服务设施和社会保障体系，是空港新区为搬迁点群众规划的未来。不愁吃、不愁穿、不愁住；有技能、有就业、有钱花；义务教育、基本医疗、社会保障都能实现的幸福生活指日可待。

“十三五”期间，我市易地搬迁扶贫计划搬迁6244户24821人。全市共规划建设的39个易地扶贫搬迁安置点，目前已建成28个，在建11个，建成安置房5569套，实现4067户17021人入住，完成总目标的68.57%。

不断完善安置点基础设施建设，切实保障搬迁群众基本用电用水用气需求，结合实际加强道路设施的改扩建力度，在有条件的跨县（区）搬迁安置点上，协调增加必要的公交线路，满足群众出行需求，同时，加强安置点教育、医疗设施建设，配齐配强相关人员力量。

大力发展产业扶贫项目，坚持产业先行，在安置点建设之初就开始因地制宜谋划产业布局。目前，搬迁安置点周边已布局产业项目71个，投资规模达到12.88亿元，带动1.7万名贫困群众增收，为保证搬迁群众增收致富提供了强有力支撑。同时，加强搬迁群众转移就业力度。在搬迁之初，对全市搬迁群众就业意愿进行摸底统计，统筹考虑搬迁群众就业意愿和技能素质，通过加强就业培训和多渠道提供就业岗位，增加搬迁群众工资收入。目前，已实现 4089 名搬迁群众稳定就业。

【同期】市政协副主席、脱贫攻坚指挥部以迁脱贫组副组长达娃：拉萨市在“十三五”期间规划建设的搬迁点总计是 39 个。到今年的 5 月 30 号，我们所有搬迁点的建设任务和搬迁任务全部完成。下一步工作当中，我们以迁脱贫组积极地跟其他组对接，进一步做好我们搬迁群众的医疗就医等相关的保障工作，让我们的贫困户搬得出、能致富。

【解说】易地扶贫搬迁是精准扶贫“五个一批”中任务最重、难度最大的“硬骨头”。为了把这块难啃的“硬骨头”拿下，下一步，我市将多措并举把严关，继续加大安置点项目建设，优先在易地扶贫搬迁安置点完善基础设施与公共服务配套建设。同时，以开展乡村振兴战略为契机，不断加强搬迁安置点环境综合整治工作，让我市易地扶贫搬迁工作搬出动力，搬出活力，赢得民心。

百企帮百村　协力共脱贫

记者：郝奕凝　拉杰

【导语】“百企帮百村”是拉萨市工商联从2016年开始组织实施的精准扶贫行动，在民营企业的积极参与下，通过发放资金、解决就业等方式帮助建档立卡贫困户逐步脱贫致富。“百企帮百村”实施近两年来，已有50余家民营企业参与到这项行动中，为精准扶贫精准脱贫提供了强大的助力。

【解说】藏历新年来临之际，西藏广祺实业有限公司的负责人胡洪路带着棉被、食用油和慰问金来到堆龙德庆区马乡朗巴村，看望慰问建档立卡贫困户，为他们每户送上总价值800元的慰问品和慰问金。

为朗巴村的建档立卡贫困户发放慰问品和慰问金，只是胡洪路此行的目的之一，在自己的公司为朗巴村43户贫困户安排合适的就业岗位、为即将毕业的大学生提供创业帮助是胡洪路朗巴村之行最重要的目的。

【同期】西藏广祺实业有限公司负责人胡洪路：朗巴村是我们公司对口扶贫的一个村子。这个村子一共有43户贫困户、120

多名贫困（群众），我们想办法让他们有劳动力的全部走出去，融入我们这个大家庭里。对没劳动力的群众，我们也要商量商量，给他们分红，选择其他的合作方式。我们公司有好几个大学生是2018年毕业的，他们毕业之后我们就想帮扶他们，帮助他们去创业，我们可以一对一地帮扶他们。

【解说】身体不好无法干重活、有孩子要照顾夫妻俩无法全部去上班，胡洪路详细询问记录着每一户贫困户的家庭成员情况、劳动力情况及就业意愿。作为参与“百企帮百村”精准扶贫行动的民营企业之一，西藏广祺实业有限公司近年来一直在不断努力，为本地群众，尤其是低收入人群提供就业岗位，并为他们创造最好的工作环境，让他们在依靠自身挣钱的同时，掌握一门技术，不失业、不返贫。

【同期】西藏广祺实业有限公司负责人胡洪路：国家一些好的政策他们（老百姓）不了解，特别是我们的一些大学生对创业、创新这一块的政策很不了解。我们可以帮助他们去了解一些政策，没经验的大学生我们可以带动他们创业。因为通过创业富起来的他们，还可以带动更多的贫困户一起脱贫。

【解说】在西藏广祺实业有限公司，记者看到各个工种的员工都在有序地忙碌着，他们中将近一半是藏族。胡洪路希望通过“百企帮百村”精准扶贫行动，通过大家共同的努力，能够把技术留在西藏，把财富带给这片土地上的老百姓。

【同期】员工德庆：现在我是一个仓库的主管员，现在我的工资已有五六千了，在同事们的帮忙下，我相信还会越来越好的。

【解说】“百企帮百村”精准扶贫行动是我市各级工商联和广大民营企业积极响应区市党委、政府号召，积极参与脱贫攻坚战的一项务实举措，市工商联相关同志也表示。

【同期】市工商联组织宣传科科长洛桑旦增：自2016年3月，拉萨市工商联开展了“企帮村”精准扶贫活动。目前全市有50余家非公企业参与，主要通过产业帮扶、就业帮扶、技能帮扶、公益光彩帮扶等形式，结对54个村，投入资金达5866余万元，带动3096名贫困群众脱贫。

【解说】各县区工商联高度重视，广大民营企业积极参与，市县两级扶贫办大力支持，使“百企帮百村”精准扶贫行动得到了有效落实。这一行动也将全力助推2020年我市同全国一道全面建成小康社会目标的成功实现。

产业项目带动脱贫 富民路越走越宽

记者：杨再强 苏晓燕

【导语】初春的拉萨，暖意融融，走进达孜县现代农业产业园区，一股以产业为龙头，金融资金为支撑，培训就业、社会保障为后盾的扶贫暖风也随即扑面而来。上到县委、县政府，下到乡镇村居，处处洋溢着以脱贫攻坚为主旋律的活力。在脱贫攻坚的韵律中，达孜县通过“企业＋贫困户”的模式，以发展实体小微企业的产业扶贫模式托起了百姓的致富梦。

【解说】益西卓玛是达孜县雪乡的一名建档立卡精准脱贫户，儿子毕业后没有工作，让她一度很忧心。现在益西卓玛在鲜牦牛肉干生产公司工作，不光离家近，每个月有固定收入，能学到手艺，年底还可以分红。

【同期】脱贫群众益西卓玛：以前生活很困难，在县里的帮助下，领导让我们在公司上班，刚开始还不太会操作，之后慢慢学会了。

【解说】西藏阳光庄园农牧资源开发有限公司扩大生产的鲜牦牛肉干生产加工项目是达孜县2017年精准扶贫产业项目，该公司生产产品涵盖牦牛肉制品、藏香猪、藏香鸡、西藏生态蜂蜜等 8 大品类，产品分销至北京、上海、广州、深圳等城市及自治区 5 个地级市，在天猫、淘宝、京东商城等已建立网上营销渠道。公司每年出资 30 万元带动县域内 100 人建档立卡贫困户人均分红 3000 元。开设夜校培训，对上岗贫困群众进行全方位培训，让就业贫困群众真正掌握了技能，基本实现“一人就业、全家脱贫”的目标。截至目前，公司先后吸纳 33 人易地搬迁贫困劳力，帮助他们实现就业。

【同期】脱贫群众益西卓玛：现在自己有工资了，能供孩子上学，我也很努力，有决心过更好的生活。

【解说】目前，阳光庄园农牧资源开发有限公司的鲜牦牛肉干生产加工项目正在进一步扩大产品生产线，满足市场需求的同时，还可新创造 57 个岗位，用于解决易地搬迁集中安置点贫困户就业。解决搬迁家庭的稳定增收问题，更能促进县域内牦牛养殖扩大发展，该项目已然成为达孜县的支柱产业。

【同期】西藏阳光庄园农牧资源开发有限公司生产部负责人衣小微：今年投放了新的项目，精准扶贫计划需要 50 个员工。我们积极响应习近平同志提出的“一带一路”“创新创业”精神，公司已经逐步规划精准扶贫工作，扶持藏族员工创业。现在有老员工初步做上了电子商务，明年计划解决 50 名精准扶贫人员就业问题。

【解说】记者了解到，近年来，达孜县在精准扶贫、精准脱贫工作中，精准施策。在发展产业上大力扶持贫困户，争取扶贫到户增收项目，仅 2017 年共实施 18 个精准扶贫产业项目，带动建档立卡贫困户 2572 人，直接分红达 498.15 万元。

富裕路上，一个也不能少（上）

记者：小旦 罗次 朱建之

【导语】贫困群众多，危房也多，可县里安排的危房改造资金有限，该怎么办？短短三周时间，在当雄县宁中乡，一项由党委政府引导、社会力量支持、困难群众参与的危房改造计划落地实施，全乡上下齐心协力，化解了这一难题，也向贫困群众兑现了“富裕路上，一个也不能少”的庄严承诺。

【解说】6 月 12 日，是宁中乡实施危房改造项目的第 21 天，也是家住巴灵村的多杰老人开始盼望新房子的第 3 天。自从三天前开始拆除旧房子的那一刻起，他就一直盼望着能早日住进新房，过上再也不用担心风吹雨打的生活。虽然当记者到达时只能看到旧房子的根基，可从老人家急切盼望的眼神中，不难想象旧房子带给他不堪回首的记忆。

【同期】宁中乡巴灵村村民多杰：以前住的老房子是土坯房，经常漏雨。这次在上级领导和群众的帮助下，政府决定给我们重修新房，我非常感谢。有了新房子，对我来说，不管是安度晚年还是子孙成长都非常有益。

【解说】作为巴灵村的建档立卡贫困户，在这次危房改造中，住房条件最差的多杰老人一家最先被安排进重建名单。这几天，老人的孩子和亲戚正忙着拆除旧房子，等拆除完毕，施工队就会立即进场施工。

总造价5万多元的房子，这18户群众只需要自筹4000元，甚至个别困难群众都不用自掏腰包。那么，剩余的钱都是哪里来的呢？乡党委书记朗嘎告诉记者，从5月22日开始，接到县里危房改造工作安排后，乡里就立即联合各村开展排查。经过对建档立卡贫困户和边缘户挨家挨户的摸底排查，按照相关标准，最终确定对37户实施危房改造项目，并从轻到重将其划分为B、C、D三个等级。多杰老人家就属于最严重的D等，需要重建。B级和C级则根据需要进行修缮。

这时候，摆在乡党委政府面前的第一个难题出现了。作为全县人数最多、贫困户也是最多的乡，县里拨付的50万元资金根本无法满足危房改造的需求。可另一方面，贫困群众“两不愁三保障”的需求也是脱贫中必须解决的难题。面对这一矛盾，宁中乡党委政府并没有进行“有多少钱办多少事”的常规操作，而是打响了一场“先富带后富，群策群力促脱贫”的脱贫攻坚群众战争。

【同期】当雄县人大常委会副主任、宁中乡党委书记朗嘎：我们在摸底排查过程中，说实话，50万的资金是不够的，所以我们绞尽脑汁想各种方案。刚开始想带动我们合作社，合作社只有十几家，自筹或者筹资的话只有二三十万左右，还是不够。所以我们最终决定带动一些富裕的牧民家庭来给予帮助，特别是建档立卡贫困户的政策里面有“八个到位”，一个是政府政策补助，一个是社会面帮助，然后还有一个是群众参与，我们想把这个（群众参与）带动起来。这方面有两个条件：一个是群众自愿，非强制性的；一个是不能定标准，不能规定资助多少钱，群众参与是社会层面的参与。

【解说】说干就干。乡领导带头筹资，各村积极动员，企业、合作社、富裕牧民群众积极参与，从数百元到两三万，短短几天时间，全乡 17 家企业合作社、300 户富裕群众共筹集资金 69.25 万元，钱的问题一下子解决了。

【同期】宁中乡麦灵村村党委副书记平措：此次自愿筹资，获得了村民群众和合作社的广泛支持。我们村共有 59 户富裕群众和 5 家合作社（公司）积极参与筹集，共筹集资金 13 多万元。

【解说】最困难的问题解决了，接下来的事情自然水到渠成，动员拆迁户自己动手拆旧房子，联系施工队进场施工，这也就有了和多杰老人家一样，一个个热火朝天建设新家园的场景。

【现场】当雄县人大常委会副主任、宁中乡党委书记朗嘎：今天我们在这里开会的目的，主要是让大家去实地查看一下 B 级、C 级房子维修过程中存在什么样的困难，群众有什么意见等。

【解说】在拆旧建新的同时，其他 19 户危房修缮的工作也在同步展开。乡党委书记朗嘎一刻也放不下心，今天他再次把各村负责这项工作的人员召集到乡政府开会，目的只有一个：加快进度，争取保质保量完成任务，让困难群众不再为危房的问题而担惊受怕，也给他们传递在党委政府的带领下，在社会各界的鼎力支持下，“富裕路上，一个也不能少”的信心和决心。

富裕路上，一个也不能少（下）

记者：小旦　罗次　朱建之

【导语】“先富带后富”，一个必要的前提就是要有先富。在宁中乡，先富的群众又是怎么富起来的呢？他们又是如何带动后富群众共奔富裕路的呢？今天我们为您讲述当雄县宁中乡的致富故事。

【解说】当雄县宁中乡正在进行的危房改造项目，有一部分资金是向社会筹集的。此次参与筹资的，有宁中乡10多家合作社和300户富裕牧民群众，他们就是宁中乡先富的代表。

走进麦灵村的天然牧场畜产品生产专业合作社，下午时间，当天的新鲜酸奶已经制作好了，一位阿佳正在把刚才封装的酸奶放进专门的冷柜保鲜。据合作社负责人洛卓介绍，合作社用来加工牦牛酸奶的牛奶全部都是当地纯正的牦牛奶，为保证品质，合作社以高于原先商贩给出的价格从该村牧民手中收购新鲜牦牛奶。这些新鲜牦牛奶经过加工后被送到拉萨市场，品质高自然销路好，合作社每月也都能有一万六七千元的利润。而对100多户牧民来说，平均每户每年靠销售新鲜牛奶就能带来

3 万多元的现金收入。

【同期】当雄县宁中麦灵天然牧场畜产品生产专业合作社负责人洛卓：我们自己的经济条件变好了，也想着给村里的困难群众谋一些福利，尽一份力……这次我们合作社也出资 2 万元帮助危房改造。

【解说】不仅如此，这些合作社在带动当地富余劳动力，特别是建档立卡贫困群众就业方面也发挥着突出的作用。同样是在麦灵村，任青家经营的糌粑加工合作社通过从日喀则等地收购青稞，在合作社加工后销往当雄、那曲、成都等地，经过四五年的发展，合作社规模越做越大，每日可加工青稞 5 万斤。今年合作社还跟拉萨市有关部门签订了年收购本地青稞 2000 吨的协议，可直接带动数百上千青稞种植户增收。而合作社提供的就业机会和分红，则直接让当地建档立卡贫困群众受益。

【同期】当雄唐拉糌粑加工专业合作社员工鲁姆：我以前在饭店当了 9 年的服务员，那时候生活比较困难，后来到了这里，一个月能有 4000 元的收入。这里离家还近，白天上班，还能照顾家人，生活越来越好了。

【解说】最多的时候，合作社吸纳了 9 名像鲁姆一样的贫困户就业，后来有 5 名群众受益于易地扶贫搬迁工程搬到了拉萨。仁青这几天正忙着招收新的员工补充进来，以满足合作社日益扩大的经营需求。

【同期】当雄唐拉糌粑加工专业合作社负责人仁青：这次乡里危房改造，我们合作社筹资1万元，以后我们还要扩大生产，加大帮扶力度，带动更多困难群众就业增收。

【解说】此次危房改造项目筹资，宁中乡所有的合作社都积极参与，加上附近加油站等几家企业，共筹集资金33.6万元。而四个村的300户富裕群众，在此次筹资过程中更是积极主动。乡党委书记朗嘎告诉记者，富裕群众绝大多数都是拥有农行钻石卡的牧民群众。所谓钻石卡，就是银行为富裕诚信的农牧户量身打造的一种小额贷款凭证，用来支持他们扩大生产经营规模。经过各村的积极动员，这些富裕群众主动要求筹资，从几百到几万的都有，大家一共筹资34.9万元。

在宁中乡，经过多年的不断培植，“男商女牧”已经成为当地群众增收致富的主要模式，像这个季节，有三四千名劳动力在外务工或者发展个体经营。截至2017年底，宁中乡全乡人均年纯收入达到一万五千多元。

这些如雨后春笋般日益壮大的牧民专业合作社，和一个个腰包鼓起来的富裕群众，日益发挥着良好的示范和带动效应，这也是宁中乡党委政府打赢脱贫攻坚战的强大底气。

【同期】当雄县人大常委会副主任、宁中乡党委书记朗嘎：合作社和家庭富裕的群众，自己富裕后，再帮助别人，这样一个做法，确实是一种非常好的思想。有他们来支持，他们来帮助，贫困户自己去参与，有了这样的（良好模式），脱贫也不会很困难，我自己想的话，没有这么大的压力。

【解说】到六月底，B级和C级的危房改造项目将全部竣工。最迟九月底，拉杰老人一家十口人将搬进新房子，和其他17户重修房子的牧民群众一样，他们将不再畏惧藏北草原常常早到的寒冬。

打造央企兴藏富民的“甲玛模式”

记者：措尼加措　朱建之

【导语】自 2007 年底，中国黄金集团西藏华泰龙矿业开发有限公司在我区从事矿业开发以来，公司始终牢记央企的社会责任与使命，在把墨竹工卡县甲玛矿区打造成科技矿山、绿色矿山、和谐矿山的同时，开创了“企业得发展、百姓得实惠、地方经济上台阶”的三方共赢局面，成功打造了西藏资源开发的“甲玛模式”。

【解说】西藏是重要的国家安全屏障，也是重要的生态安全屏障。如何做到“在开发中保护，在保护中开发”，是西藏华泰龙矿业开发有限公司一直思考和坚持做的。10 余年来，华泰龙公司始终秉承“向设计要环保、向科技要环保、向投入要环保”的绿色矿山建设思路，从源头上把好设计关，在工艺设备上确保一流，在投入上做到全力保障，大力建设环境友好型绿色矿山和高原节能型环保矿山，实施了植树造林、移植复垦、节能环保等各项生态环境保护工作，以创西藏企业环保投资之最的资金投入，践行中国黄金“建一座矿山、绿一片环境”的庄严承诺。

【同期】西藏华泰龙矿业开发有限公司总经理王平：公司认

真贯彻“绿水青山就是金山银山”的绿色发展理念，始终致力于绿色矿山建设，投资 2400 万元修建了 9.5 公里的旅游专线公路，投入 510 万元修建了两座生活污水处理厂，投入 3300 万元用于水土保持及移植复垦，复垦绿化面积达到 47 万平方米，投资 8600 万元治理矿区及周边本底水超标，投资 1500 万元铺设 1.5 万平方米太阳能，进行无烟矿区建设。经过华泰龙人的艰苦奋斗，矿区变成了绿树成荫的生态园林，其中沙棘成活率达到 90% 以上，整个矿区绿化率达到 80% 以上，总面积达 65 万平方米。

【解说】10 余年来，华泰龙公司以实际行动践行习近平总书记提出的“绿水青山就是金山银山”的重要指示，在雪域高原成功走出了一条矿业开发与生态环境保护协调发展的和谐之路。公司的绿色矿山建设之路，也获得了长期关注我区环保与资源开发工作的中国工程院多吉院士的高度肯定。

【同期】中国工程院院士多吉：大型的央企，像华泰龙那样的，做得非常不错，在全国范围来说，已经达到非常好的、非常高的标准。这么一个绿色矿山建设，效果也非常好。

【解说】同时，华泰龙公司始终坚持履行央企的政治责任和经济责任，做好结合精准扶贫工作，通过产业带动甲玛乡群众增收致富。10 余年来，公司累计投入扶贫帮困、改善民生资金 1.4 亿元，公司投入 1900 万元成立的甲玛工贸有限公司，开创了“企业 + 农户”模式。

【同期】甲玛工贸有限公司总经理旺久：跟以前比起来，现在老百姓的生活发生了很大的变化，特别是经济水平有了翻天覆地的变化，现在我们公司有300多辆运输车在矿区跑运输。

【解说】甲玛工贸公司的成立，让世代以耕种为生的甲玛乡农牧民群众成为企业股东，公司成立以来累计产值达3.77亿元，利润分红1250万元，大大增强了当地群众的获得感，真正实现了成果共享、边疆共守。

【同期】西藏华泰龙矿业开发有限公司总经理王平：公司自组建以来，始终坚持“用工本地化”的人才建设理念，截至2018年8月，公司共录用藏族员工达到479人，约占公司职工总数的35%，这些工人的人均年收入达到了6.8万元，每个家庭只要有一人在公司工作，全家就能脱贫。

【解说】“建一座矿山，绿一片环境；扶一方经济，富一方百姓；促一方和谐，树一座丰碑”，华泰龙公司十年如一日，开创了“企业得发展、百姓得实惠、地方经济上台阶”的三方共赢局面，树立了西藏资源开发的“甲玛模式”这一标杆，而这也为拉萨乃至全区新时代生态文明建设和绿色矿产资源开发提供了可复制、可借鉴的经验。

彩渠塘村这一年：越和谐越幸福

记者：小丹　朱建之

【导语】一年前，来自昌都、阿里、那曲三地市的125户群众，搬迁至位于羊八井镇的易地扶贫搬迁点彩渠塘村。时隔一年，记者再次探访彩渠塘村，发现这里群众身体和精神状态更好了、产业项目更多了、就业就学更方便了，一个越来越和谐、越来越幸福的新村正冉冉升起。

【解说】来到彩渠塘村，我们见到了曾经采访过的村民旺扎，现在他正在村里的绵羊育肥合作社工作。因为妻子患有关节炎，一年前，他们一家从那曲市申扎县搬到彩渠塘村，这里的羊八井温泉对于像旺扎妻子这样的风湿类患者具有较好的治疗效果。旺扎告诉我们，现在一周有三天时间可以在家里泡藏药浴，还有自治区藏医院的医生专门在这里给他们服务，一年下来妻子的病情好多了。旺扎在合作社有稳定的收入，工资虽然不算多，但足以让他脱离贫困与疾病的折磨。

【同期】彩渠塘村绵羊育肥合作社管理员旺扎：我现在在绵羊育肥合租社当管理员，我妻子患有关节炎，之前生活比较贫困，后来得到了党和国家的关怀，搬到了这里。这里有常驻的藏医院医生给她治疗，她的病情现在有很大好转，感谢党和国家的好政策。

【解说】除了就医就业，孩子们上学也越来越方便了。投资300万元新建的彩渠塘村幼儿园在这个秋季学期正式迎来38名孩子，各项硬件条件不比城里差，还配备了专业的幼儿老师和厨师，为搬迁群众的子女提供了平等的起跑线。

【同期】彩渠塘村双语幼儿园园长尼玛央宗：这个幼儿园是因为搬迁点才建的嘛，我觉得这样挺好的，对那些小孩、家长都挺好的。我们也会尽最大的努力做好学前教育工作，希望孩子能够快乐地成长。

【解说】彩渠塘村党总支第一书记德吉白珍告诉我们，现在针对搬迁群众各方面的服务工作已经全部到位，村民们生产生活的方方面面也有了着落。一个越来越和谐、越来越幸福的移民新村正在羊八井镇冉冉升起。

【同期】彩渠塘村党总支第一书记德吉白珍：从实际搬迁到现在将近有1年的时间，在此期间，在各级党委政府还有领导的关心关怀下，我们彩渠塘村所有各种工作，主要是就医、就业、教育、民政，还有各口子的工作已经在有条不紊地进行当中，也可以说已经步入正轨了……现在，我们来自三个地市的八个县的群众相处得也特别融洽、特别和谐。

大力发展乡村旅游
助推群众脱贫致富

记者：王人聆　完曼格桑

【导语】为促进达东村产业发展和经济结构转型升级，发扬和传承传统民俗文化，带动群众脱贫致富，在柳梧新区管委会的主导下，达东村实施了“达东村村容村貌整治暨扶贫综合（旅游）开发”项目，有效地带动了群众致富增收。

【解说】达东村位于柳梧新区西南部，距离拉萨市区约20分钟车程。优美的自然风光、淳朴的民俗风情、悠久的历史底蕴，使得达东村的旅游资源非常丰富。

【出镜】记者王佳豪：我身后的这个地方，想必大家已经很熟悉了，通过这条路朝前走一点就到了达东村。达东村这两年通过发展乡村旅游，使得村容村貌得到了很大的改观，也吸引了不少市民、游客慕名前来游玩。

【解说】焕然一新的达东村以其独具特色的民俗文化体验，开启了“达东乡村旅游”的热潮。达东村相关项目启动以来，通过提供保安、保洁、厨师、驾驶员、行政后勤人员等岗位，为当地数百个村民解决了就业问题。同时，通过景区统一运营，在土地流转、建设机械租赁、交通运输、经济作物种植、合资公司股份分红等方面为当地村民提供了多元化的收入来源。

【同期】达东村村民尼玛仓决：在这边公司里工作一年多了，每个月都能拿到 2600 元的工资，在自己家门口工作挺方便的，给村里打扫卫生，能保护环境，我感到挺高兴的。

【解说】为促进达东村旅游产业结构的进一步升级，带领达东村村民走在乡村旅游致富发展的前端，达东村二期项目正在紧张筹备当中，预计投资 1 亿元，以雪山溪流景观轴为核心，紧扣“旅游 + 农业”“旅游 + 生态”的现代化旅游发展思维，主动与其他产业融合，推动达东村乡村旅游产业结构的调整、转型升级，深度探索旅游扶贫、旅游富民的乡村旅游发展模式，努力将达东村打造成为“国际”乡村旅游目的地。

【同期】柳梧和美乡村民俗文化旅游有限公司常务副总经理扎西平措：达东村旅游开发项目是在保护、传承、发扬达东村传统民俗文化的基础上，牢牢抓住我们城市休闲旅游的市场，以发展乡村旅游为手段，进一步实现达东村的产业结构的升级及转型。下一步我们将进一步打造一批有特色的重点项目，在实现经济效益、社会效益以及政治效益的同时，将达东村打造成为藏地休闲旅游目的地。

易地扶贫搬迁开启群众新生活

记者：杨璐　杨涛

【导语】易地搬迁是我市精准扶贫6大措施之一。贫困群众搬到了新的家园，他们现在过得好不好？生产生活情况究竟怎样呢？近期记者走访了当雄、尼木、曲水等部分区县的搬迁群众，一起到现场看看。

【解说】眼前正在开展军训的地方可不是学校或者某家企业，而是拉萨经开区易地扶贫搬迁德康安置点。这些身着迷彩服的参训人员，都是来自当雄、尼木的易地扶贫搬迁农牧民群众，他们参与了就业前的岗前培训，军训就是培训内容之一。通过几天训练，大家已经能做到动作整齐、令行禁止，极大提升了精气神和团队协作能力。此次是经开区开展的第二批岗前培训活动，这批人员年龄偏大，主要就业岗位为保洁、保安等，第一批培训人员主要为企业员工。

来自当雄的措增旦巴以前在当雄县打零工，一年收入一万元，工作很不稳定，并且常常不能回家。现在举家搬到经开区后，通过了岗前培训，即将到经开区企业上班，每天和家人在一起。

【同期】搬迁户措增旦巴：搬到这里后生活过得越来越幸福，拉萨经开区管委会为我们解决了就业、就医、孩子上学等问题，我们听党话、跟党走的信心和决心更加坚定。

【解说】来自尼木县的洛桑平措因有货物装卸工作经验，目前应聘到经开区企业从事相关工作，每月工资近5000元。洛桑平措说，生活上水电气齐全，每天经开区还专门安排三辆纯电动便民服务车接送群众出行，小区内还有环保公共厕所等，各项配套设施的完善让大家住得十分安心。目前，妻子带着孩子还在老家处理事务，他迫不及待想让她们搬过来，尽早享受好生活。

【同期】搬迁户洛桑平措：我以前住的土坯房面积只有40平方米，现在搬过来以后我分到了面积近80平方米的房子，里面的所有家具都是配置好的，这里的环境也越来越好，晚上睡觉都睡得很香，目前就业和孩子就学问题都得到了解决，我给妻子、孩子打电话让她们赶紧搬过来。

【解说】在摸清易地扶贫搬迁户就业意愿、技能状况等信息后，按照搬迁户"人人有班上，个个有收入"的目标，目前，经开区德康安置点已经安置贫困搬迁户1690人，其中有劳动力的800人，已经安置就业近500人，下一步将重点解决剩余人员就业问题。

【同期】拉萨经开区党工委副书记、管委会副主任洛桑赤列：我们的重点工作，一个关键是居委会、文化室、医疗服务站的设施设备，然后就是幼儿园的设施设备，这需要我们尽快地采购设备，尽快地配齐设施；第二个关键还是解决就业的问题。

【解说】经开区德康安置点内幼儿园、文化室、医疗服务站、超市等均在紧张建设当中，建成后将为搬迁户提供完善服务。同时，70余套商品房的建设，还能拓展搬迁户们的增收渠道，真正让搬迁户们搬得出、稳得住、能致富。

让安置点群众安居乐业，除了解决就业问题，还要在民生保障、就医就学等生活配套服务方面做足功夫。今年初，曲水县一批贫困群众搬迁到了柳梧新区柳梧乡。在这个易地扶贫搬迁安置点，记者看到，工作人员正搀扶着82岁的德庆曲珍老人前往安置点卫生室义诊。在卫生室里，来自柳梧乡卫生院的医生耐心细致地询问了老人的健康状况，为老人进行检查并免费发放了相应药品，贴心的服务让老人感觉十分温暖。随着前来义诊的群众逐渐增多，柳梧乡卫生院医务人员还为群众讲解了如何预防常见疾病及日常注意事项等知识，增强了群众疾病预防和卫生健康意识，让安置点群众在家门口享受到了基本医疗和公共卫生服务。

【同期】柳梧乡卫生院院长扎西卓玛：我们柳梧新区柳梧乡卫生院每年不定期地开展送医送药活动，开展一些常规的诊疗活动、政策性的宣传以及健康教育工作这方面的活动。

【解说】义诊完后，德庆曲珍老人又慢步走到位于她家楼下的城关区惠民蔬菜直销点购买蔬菜，准备回家为家人做晚饭。老人告诉记者，搬到新家后，工作人员对群众急需的水、电、天然气等生活相关业务进行了办理，她的女儿通过安置点现场招聘，目前在做保洁工作，家中的孩子就近在柳梧新区红军小学上学，就学、就医、就业等各方面问题都得到了解决，生活上完全没有后顾之忧，一家人在这里开启了幸福的新生活。

【同期】搬迁群众德庆曲珍：这里的房子很大，有家具、冰箱、洗衣机、电视，全都特别好，水、电也很好，买菜也很方便，心情特别舒畅。

【解说】据悉，为提高曲水228户近700名搬迁群众生活品质，曲水及柳梧相关部门将坚持搬迁与发展相结合，整合各类资源，在不断扩展搬迁群众就业渠道的同时，扎实做好民生保障和生活配套工作，真正让搬迁群众住得方便，住得舒心。

【同期】柳梧新区安置点临时党支部副书记朱伊松：下一步，我们将继续协调柳梧管委会和施工方做好柳梧安置点配套设施建设工作，如道路硬化、环境绿化和健身场地建设，积极为搬迁群众生活和就业提供帮助，全面做好搬迁群众服务工作，让他们能够搬得出、稳得住、能致富。

【解说】没有了后顾之忧，生活也更有奔头。今年5月初，来自当雄县宁中乡的150户建档立卡贫困户搬迁到位于堆龙德庆区东嘎镇桑木村的新家。桑吉是这批搬迁群众当中的一员，去年冬天记者在当雄见到桑吉时，她还在宁中乡麦灵村村委会边上经营着一家小卖部。那时，她家因为缺乏牛羊牲畜，没有独立住房而致贫。靠着村委会的帮助，她借款办起了小卖部维持生计。半年多过去了，桑吉的家从牧区草原搬到了 100 多公里外的堆龙德庆区桑木村易地扶贫搬迁安置点，一家五口住进了 80 平方米的楼房。三个孩子的就学、她和丈夫的工作，都让她非常满意，一家人也很快融入了全新的生活。

【同期】搬迁户桑吉：以前我们最大的困难是住房问题，现在国家给我们修了这么好的房子，外出打工非常方便。我现在在小区门口的超市里工作，老公买了一辆长安小货车准备拉货。这些都要得益于党和国家的恩惠，非常感谢。

【解说】桑吉告诉记者，三个孩子就近在羊达乡小学上学，步行十分钟就可以到达，自己在家门口上班，每月也有 3000 多元的收入，加上丈夫跑运输的收入，他们认为不仅仅是脱贫，就连致富奔小康都指日可待。

和桑吉家一样，今年 5 月初，来自当雄宁中乡的 150 户建档立卡贫困户从海拔 4000 多米的牧区，搬到乘坐公交车就可以到达拉萨市区的桑木安置点。他们中有像桑吉家一样有劳力，但在当地不容易找到工作机会的年轻人，也有像老党员嘎玛这样上了年纪、身体不太好的老人。相同的是，在党的好政策下，大家都过上了梦寐以求的幸福新生活。

【同期】搬迁户嘎玛（60 岁）：搬到这里以后好多了，感到开心，也不愁吃穿，住房又好，我觉得非常幸福。

【解说】如今，60 岁的嘎玛还不忘发挥余热，当选为安置点临时党支部副书记的他，一有时间就深入搬迁群众中间做思想工作，宣传党的好政策，教育大家永远铭记党的恩情，永远听党话、跟党走。

宁中乡派驻安置点的后续管理干部洛旦告诉记者，短短两个月时间，150 户群众中已有 111 户 117 人找到了工作。他们有的在城市务工，有的像桑吉的丈夫一样做起了个体经营，逐渐融入城市，大家的生活也越来越红火。

齐心协力 攻坚克难
打好脱贫攻坚战

记者：刘菜清 兰炼平

【导语】2017年以来，西藏空港新区始终将精准扶贫工作放在全年工作的重中之重，围绕“三不愁”“三有”“三保障”的工作目标，大力实施“六脱”举施，脱贫攻坚工作取得良好成效。

【解说】通过2015年的精准识别，空港新区共识别出了276户878人贫困户，并通过以业脱贫、以迁脱贫、以助脱贫、以补脱贫、以教脱贫等方式帮助贫困户脱贫致富。

【同期】西藏空港新区管委会党委书记龚一枫：目前我们现在整体的贫困户的平均收入，从2015年的2800元不到，已经上升到2017年的人均5533元，增幅很大，效果明显。总体来看呢，我们新区贫困的综合发生率已经控制在3%以下。

【解说】把产业脱贫作为核心任务，实现工资、分红双收益，是空港新区做好脱贫攻坚工作的一个重要举措。2017年，空港新区投入8800余万元，通过藜米种植、水泥电线杆生产、汽车租赁等5个重点扶贫产业项目，共向196户777人发放分红资金

139.86 万元，人均 1800 元，带动贫困户 120 余人就业，增收 60 余万元。

贫困户曲珍便是空港新区藜米种植项目的受益人之一。她告诉记者，受益于精准扶贫政策，她不仅住进了新房子，还实现了在家门口就业有了不错的收入，日子是一天比一天好了。

【同期】贫困户曲珍：我是去年 10 月份搬进来的，今年我们家通过藜米种植、生态岗位、产业分红、土地流转等方式，总共加起来有 2 万多的收入。

【解说】2016 年 11 月，普布一家也搬进了位于空港新区易地扶贫搬迁集中安置点的新居，彻底告别了以前居无定所的日子。普布家里的三个孩子，一个即将就业，另两个也在位于安置点的甲日完小上学，妻子还有生态补偿岗位补贴，生活充满了他从未想过的幸福与快乐。

【同期】搬迁点群众普布：以前在拉萨租房子住，供两个孩子上学，自己一个人外出挣钱，收入不高，生活比较困难。2016 年政府给了这套房子，生活上也给了我们很多照顾，发了不少的生活补助金。现在自己外出打工也没有太大的压力，衷心感谢党和政府。

【解说】像普布这样搬进安置点新房的群众一共有 82 户 307 人。空港新区还通过产业分红、土地流转、劳动就业等方式，为搬迁点的群众提供增加收入的机会，真正做到了让贫困群众“不愁吃、不愁穿、不愁住；有技能、有就业、有钱花”。

精准扶贫固然需要多方努力，但向贫困挑战的自主脱贫意识也很重要。在空港新区的脱贫攻坚工作中，涌现出了一批通过自己勤劳的双手自力更生、诚实劳动，最终脱贫致富的典型。靠自己的木工手艺带领全家脱贫致富的尼玛就是其中之一。

【同期】尼玛：我 16 岁就到木材加工厂工作，在党的好政策下，孩子得到了良好的教育，非常感谢！年收入有四五万元，生活过得比较好。平常外出务工，在家时加工一些家具。

【解说】根据西藏空港新区实际情况，2017 年 8 月，西藏空港新区制订了监督帮扶责任人及帮扶责任人工作落实情况调查表，强调结对帮扶的相关职责，以全面了解和掌握建档立卡贫困户的家庭情况和致贫原因。截至 2017 年 8 月底，结对帮扶干部 152 人，入户帮扶率达到 100%。

【同期】西藏空港新区管委会党委书记龚一枫：我们高度重视干部帮扶工作，帮扶责任人包括我们新区的干部、驻地企业、驻地部队等等，将各方面的社会力量全部调动起来。我们要求干部对贫困户的帮扶措施，必须要做到三个“亲自”：一是要亲自宣讲党的优惠政策；二是要亲自根据贫困户的家庭状况制定帮扶措施；三是要亲自算脱贫账，要取得群众的认可。三个“亲自”对干部的要求进一步提高，帮扶的效果也非常明显。

【解说】经过两年的努力，目前，空港新区建档立卡贫困户 232 户 823 人全部实现不愁吃、不愁穿、人均保障 25 平方米安全住房、学生入学率 100% 的目标，2017 年人均纯收入达到 5533 元。

六个村（居）均实现村村通柏油道路，户户通水通电通网。在教育医疗方面，每个村都有幼儿园、卫生室，方便村民入学、就医。

【同期】西藏空港新区管委会党委书记龚一枫：2018 年是我们空港新区实现脱贫攻坚巩固的一年，我们要继续在 2016、2017 这两年的聚力脱贫攻坚的基础之上，坚持一些好的做法，进一步自加压力、主动作为，也相信在市委市政府的领导之下，我们能打赢脱贫攻坚战，完全达到脱贫摘帽的标准。

柳梧新区：扶贫攻坚发展产业精准到户引领脱贫

记者：王人聆　王佳豪　完曼

【导语】自精准扶贫、精准脱贫工作开展以来，柳梧新区坚持精准扶贫、精准脱贫目标导向，强化组织领导，着力精准施策，大力推进城乡一体、产业提升、生态宜居的美丽乡村建设，精准脱贫各项任务工作稳步推进。

【解说】柳梧新区于2014年8月1日正式托管柳梧乡，下辖达东、德阳、桑达、柳梧4个行政村，共有农牧民群众1601户4877人，建档立卡贫困户133户438人。近年来，柳梧新区管委会通过大力实施“六脱”措施，贫困户年人均可支配收入由2015年年底的2596.23元增长到2017年的9824元，增长了2.78倍，达到了“三有、三不愁、三保障”的要求。

【同期】柳梧乡乡长格桑多布杰：柳梧新区柳梧乡下设4个行政村，涉及精准脱贫工作的主要是达东村和德阳村。2016年通过精准识别共有建档立卡贫困户132户465人，按照区市党委政府脱贫攻坚工作的统一部署，在我们柳梧新区党工委管委会的正确领导下，依托我们的“六脱”措施，大力实施一村一品脱贫战略。我们在达东村主要实施的是扶贫旅游开发项目，通过项目的实施，吸纳游客 18 万余人次，带领群众就业 70 余人，实现经济收益是 400 余万元。德阳村主要依托经济林的建设，打造现代农业示范基地。目前我们两个村的贫困发生率 0.14%，群众满意度达到了 98%，群众的人均年收入都在一万元以上。

【同期】近年来，柳梧新区狠抓“六脱”措施，为全面小康打下了坚实基础。2016 至 2017 年，共实施了达东村整村改造暨综合扶贫（旅游）开发项目、经济果林种植等 7 个产业项目，总投资约 4.6 亿元，为贫困户及有就业能力的贫困人口提供了 160 个就业岗位，实现群众在家门口稳定就业；在以迁脱贫安置方面，德阳村莱组小区集中搬迁安置 35 户 114 人，已于去年 9 月完成入住，入住率达到 100%。安置点交通便利、人员聚集，商业氛围初显、产业配套较好。

同时，在以教、以保脱贫方面，柳梧新区将家庭劳动力少、收入低、生活困难的 8 户 17 人纳入低保户进行民政兜底。柳梧乡农牧民群众还全部参加了合作医疗，在市级医院住院费用提标报销至 80%，剩余的 20% 可通过大病统筹报销，或申请民政救助资金。

产业项目是巩固脱贫的重要保障，柳梧新区结合发展现状和 4 个村发展的阶段性特点，瞄准“脱贫致富奔小康”的总体目标，通过改革创新，发展壮大村集体经济，着眼于打造“一村一品”

小康精品示范村，在切实发挥好已建成产业巩固脱贫成效的基础上，建立好产业项目和群众的利益联结机制。

【同期】柳梧乡乡长格桑多布杰：下一步我们将坚持因地制宜、整体推进，使精准扶贫与新农村建设相结合：一是做好已建项目的运营管理，拓宽群众就业的渠道，增加群众的现金收入；二是继续加大产业扶持力度，进一步做好达东村二期旅游服务设施的建设、德阳村经济林三期的建设；三是壮大村集体经济，增加群众分红性收入。我们相信在党工委管委会的正确领导下，在社会各界的无私帮助及大力支持下，我们乡贫困群众将通过自己勤劳的双手和不懈的努力，建设美丽幸福的家园，与全市人民一道奔小康。

【解说】脱贫攻坚是一件长期、艰巨、复杂的工作，柳梧新区将坚持因地制宜、科学规划、分类指导、因势利导的工作思路，把各方面的积极性都调动起来，形成打赢脱贫攻坚的强大合力，做到不稳定脱贫不脱钩，小康路上一个都不能少，让群众享有安居乐业的生活环境、均衡的公共服务、完善的社会保障体系，拥有较高的获得感、幸福感和安全感。

企业健康发展　促进就业惠民生

记者：次珍　杨宝

【导语】作为铁路总公司直属大型国有专业运输企业的中铁快运拉萨站营业部，已经安全、顺畅地陪伴着青藏铁路走过了 12 年的时光。十几年来，中铁快运在源源不断地将西藏的特色产品运输到全国各地，打响西藏特色品牌，促进经济社会发展的同时，还吸引了许多当地农牧民子女和待业青年在此就业，并使其有了稳定的工资收入。

【同期】中铁快运拉萨站营业部员工田可欣（打电话）：您好，我们这边是中铁快运，您这边有一票从银川发过来的工艺品，一共是三件，有 69 公斤重，您看您今天方便收货吗？您今天要是没时间的话，明天我们配送人员和您联系，明天把货给您送过去可以吧……

【解说】眼前这位精神饱满、干劲十足，工作起来根本停不下来的小伙子田可欣，是 2017 年从西藏大学交通运输专业毕业的一名大学生。虽然他从毕业到现在仅一年时间，却已经熟练地掌握了中铁快运各个岗位的各项工作，并逐步发展成为了企业的业务骨干。当我们问起，当初为何放弃公务员考试，而选择来到企业参加应聘时，田可欣回答得干脆利落，他认为企业能为大学生提供更多发挥专业特长的机会和服务民生、服务经济的发展定位，这让他毅然决然地选择加入中铁快运并如愿成为了拉萨站营业部的一员。

【同期】中铁快运拉萨站营业部员工田可欣：我当时之所以选择中铁快运，是想着这个行业和我所学的专业很对口，可以说是加入这个行业可以发挥我的所长，今后我还会加强学习，熟练各个岗位的工作内容，希望自己多加学习，为中铁快运以后的发展做出自己应有的贡献。

【解说】这些年来，中铁快运拉萨站营业部不仅迎来了一批又一批像田可欣一样的大学生，使其在各个工作岗位上发挥自己的专业所长，不断丰富着企业文化，提升企业竞争力，为企业发展注入新的活力，更帮助了许多当地农牧民子女和待业青年实现了就业，使其学到了一技之长。

【同期】中铁快运拉萨站营业部副经理卓玛央宗：随着铁路运输的不断发展，我们解决了当地农牧民群众的就业问题，同时也有很多大学生，从内地来的也好，从西藏大学毕业的也好，都非常愿意来我们这个企业。他们从大学毕业时从未接触过铁路业务知识，成长至现在对各个窗口的业务都很熟练。下一步我们要重点培养这些公司的骨干，让他们在铁路运输行业中发挥自己的才华，做出自己的努力。

【解说】12 年来，青藏铁路犹如吉祥“哈达”，承载着雪域儿女驶向幸福彼岸的梦想。而作为“天路”上一张独特的流动名片，我们相信，中铁快运在带动当地经济社会发展的同时，将会为当地的老百姓带来越来越多的财富。

以规模化养殖促进藏鸡产业发展

记者：孙跃　多吉

【导语】由北京市援藏资金出资修建的尼木县藏鸡原种保护基地，实施藏鸡原产地保护，从原种保护、品种优化、扩大规模和技术创新上下功夫，大力提升传统产业和发展新兴产业，努力实现“双轮驱动”的战略布局，带动群众增收致富，为精准扶贫、精准脱贫提供了强有力的政策支撑和市场支撑。

【解说】尼木县藏鸡原种保护基地位于尼木县尼木现代农业高新技术产业示范园区，是尼木县“四产业两园区”建设的重要组成部分。目前完成投资13427.06万元，建筑面积20515.5平方米，占地面积443亩。

【同期】尼木县农牧局副局长阿旺顿珠：我们这个德青源藏鸡原种保护基地总共分为两期：一期主要是以保种育种为主；二期是以父母代和商品代为主。一期这边总投资是2952万元，二期的话总投资9600万元，全部都是我们北京援藏支持的。

【解说】目前，藏鸡原种保护基地一期已投入使用，主要由孵化区、育种区、青年鸡区和保护区组成，一期补充工程将陆续建成。二期工程正在建设中，预计今年6月份竣工。

2015年，尼木县通过招商引资引进了西藏德青源农业科技股份有限公司。西藏德青源农业科技股份有限公司带来了先进的生产理念和生产技术，建立了标准化养殖模式。项目建成运营后，将成为全国养殖规模最大、设备最先进、功能最齐全、现代化程度最高的藏鸡养殖基地。

【同期】西藏德青源农业科技有限公司保种育种厂经理朱听：藏鸡近几年来纯度不是太高，我们建立这个保种育种（工程）就是为了提高藏鸡的纯度，加强咱这个鸡群的体质，所以咱这个功能和区别在于保种育种。

【解说】什么样的鸡才是真正的藏鸡？针对目前没有可参考的“藏鸡基因标准”这一问题，基地展开了一场长达6年的藏鸡选育之战。目前第二代鸡苗已经孵化，并成长了近三周。待第二代鸡苗长大，基地会根据其羽色、骨架尺寸等再进行选优育种，这个过程将经历至少三代到五代的鸡苗，最终确定下藏鸡的内在基因以及外在表征等标准。

【同期】西藏德青源农业科技有限公司保种育种厂经理朱听：育种这块我们现在已经做到了第二步，就是我们第二代已经出来了，现在就是等着产蛋，然后进行第三代育种。保种这块就是我们自繁自养，保种群现在太小，现在在做保种扩群工作，一般情况下要三到五代。

【解说】藏鸡原种保护基地将建立“企业＋合作社＋农牧民

利益共同体”经营模式，同时藏鸡原种保护基地对藏鸡保种育种将加大科技和资金投入。科技方面，基地采用先进的生产理念和生产技术，建立了标准化养殖模式；资金方面，整个藏鸡原种保护基地投资 1.3 亿元，其中，投资 1960 万元开展藏鸡小循环产业链，投资 135 万元推进藏鸡集装箱养殖模式。建成标准化藏鸡养殖示范点 14 个，尼木县标准化鸡舍面积达 6000 平方米，养殖藏鸡 26200 余只。藏鸡保种育种养殖基地内原种藏鸡存栏 16000 余只，为开展保种育种、孵化鸡苗等工作奠定了基础。

保种育种的同时，尼木藏鸡产业发展采取分布式养殖，通过全县 20 多个藏鸡合作社，组织建档立卡农牧民以户为单位，从事藏鸡养殖。2018 年下半年，基地将投入 50 个生命仓，可让 50 户 200 位建档立卡户贫困群众实现长期脱贫。2019 年，随着蛋品加工和屠宰场正式投产，藏鸡产业链完全形成，预计可让 200 建档立卡户 800 人实现长期脱贫。目前，已经有 5 户建档立卡户以每月 3000 元的工资在藏鸡原种保护基地工作，再加上合作社年底分红，脱贫指日可待。

服务三农　振兴乡村

农业农村问题历来受到党和国家的高度重视。十八大以来，精准扶贫强力推进。“十三五”时期，解决好“三农”问题被列为全党工作的重中之重。十九大报告进一步提出“乡村振兴战略”，要建设“产业兴旺、生态宜居、乡风文明、治理有效、生活富裕”的社会主义新农村。

西藏拉萨深入贯彻习近平总书记重要指示精神，紧紧围绕乡村产业振兴、人才振兴、文化振兴、生态振兴、组织振兴目标任务，持续推进乡村振兴战略各项措施在拉萨市落地生根，大力实施以“神圣国土守护者、幸福家园建设者”为主题的乡村振兴战略实施意见，不断强化措施，切实改善农牧民生产生活条件。作为乡村振兴战略的主体和受益者，农牧民得到了看得见、摸得着的实惠。

牢记使命　勇于担当
开创“三农”工作新局面

记者：次珍　杨宝

【导语】 我市坚持以习近平新时代中国特色社会主义思想为指导，深入贯彻落实新发展理念，以推进农牧业供给侧结构性改革为主线，紧紧围绕提升农畜产品有效供给水平、促进农牧民持续增收、实现精准脱贫的目标，不断强化净土健康产业提质增效、全面深化农牧区改革的引领作用，有力促进了全市农牧业农牧区持续快速健康发展。

【解说】 雨后，堆龙德庆区马乡岗吉村绵羊养殖基地还有些泥泞，随着夏季的临近，给绵羊剪毛迫在眉睫。今天，村里组织了二三十名村民在这里集中给1000多只绵羊剪毛。可别小看这羊毛，一只成年羊身上可以剪下三五斤羊毛，一斤可以卖8元左右。不仅如此，羊肉、羊粪都是宝。村委会主任巴桑心中早已盘算着，如何更好地把这些宝贝变成真金白银，帮助村民们发家致富。

【同期】 马乡岗吉村党支部书记巴桑：绵羊不仅可以宰杀卖肉，羊粪也很有用，给庄稼施肥或者卖给温室大棚的种植户，10

吨的卡车一车可以卖到6000多元。今天我们在这里剪羊毛，羊毛也可以卖钱。我们想靠养羊，把我们的羊肉、羊毛、羊粪都换成钱，把村集体经济发展壮大。

【解说】岗吉村建立养殖场、延长绵羊产业链是我市提升农牧业服务水平，促进农牧民就业增收工作的一个缩影。2017年以来，我市上下按照"稳粮、优经、扩饲"的思路，进一步优化调整种植业结构，完成总播种面积68万亩。全面实施了农村安全饮水、高效节水灌溉、造林绿化等33个涉农项目，全市有机种植面积达12.35万亩，农产品"三品一标"达到98个。建立拉萨市农产品质量安全监管及追溯信息平台，设立检测监测点12个。在当雄、尼木两县率先启动农牧业科技信息化服务试点，全市农牧业科技贡献率达到51.2%。

通过扎实推进农村承包地"三权分置"改革，全市61.67万亩全域永久基本农田划定工作顺利完成，并通过国土资源部审核验收。净土健康产业发展动能不断增强，各县（区）净土公司成为促进农牧业现代化发展的主力军，一县一品产业布局基本完成，初步形成产业互补、抱团发展的格局。过去的一年，我市新型农牧业经营主体蓬勃发展，农牧业企业达到91家，其中龙头企业35家，实现总产值27亿元、销售总收入23亿元。畜牧业生产运行良好，大力实施"万户百场＋中心"建设工程，新建和改扩建奶牛养殖场15个、高标准养殖中心5个，3000家示范户成功挂牌。尼木县续迈乡山岗村的嘎玛卓玛一家六口人，原先只有很少的田地，生活苦不堪言。自从脱贫攻坚工作开展以来，嘎玛卓玛及其家人学会了奶牛养殖，经过辛勤努力，目前六口人的生活条件逐步改善，逐步脱离了贫困。

【同期】尼木县续迈乡山岗村村民嘎玛卓玛：十分感谢乡里的干部，感谢党，我们一家过上了新生活，条件越来越好了。

【解说】针对环境恶劣地区产业发展困难的实际情况，我市还扎实推进易地扶贫搬迁工作，4196 户 16821 名贫困群众入住新居。制定贫困县贫困村贫困户退出方案、实施细则和脱贫攻坚考核验收标准，严格开展脱贫摘帽市级考核验收工作，全市已实现 10721 户 43837 名贫困群众脱贫，225 个贫困村（居）退出。城关区成为全国第二批西藏首批脱贫摘帽县（区）之一，其他 7 县顺利通过自治区第三方评估，达到脱贫摘帽标准。

过去一年，我市农村居民人均可支配收入达到 12994 元，增长 13.5%，高于整体经济增速，高于城镇居民收入增速，农牧民群众改革获得感不断增强。通过扎实推进“三个全覆盖”工作，全市 278 个村（居）实现村级集体经济稳定覆盖，年收入 100 万元以上的村（居）达到 57 个，在全区率先实现村级组织活动场所标准化建设全覆盖目标。

【同期】市农牧局党组书记其美旺姆：回顾过去一年，全市“三农”工作发展取得了显著成绩，农牧业转型升级不断加快、质量效益不断提高，农牧区面貌变化大，农牧群众得到了更多实惠。这些成绩的取得，是全市上下认真贯彻落实习近平总书记治边稳藏战略的重要实践，为促进经济社会持续健康发展打下了坚实的基础。

【解说】2018 年，全市上下将深入贯彻落实习近平总书记关于“三农”工作的一系列新思想、新理念、新论断，坚持农牧业农牧区优先发展，按照产业兴旺、生态宜居、乡风文明、治理有效、生活富裕的总体要求，大力实施以“神圣国土守护者、幸福家园建设者”为主题的乡村振兴战略，加大涉农资金统筹力度，加强对乡村振兴的投入支持，逐步形成财政优先保障、金融重点倾斜、社会积极参与的多元投入格局。

【同期】市农牧局党组书记其美旺姆：做好今年的“三农”工作，我们必须着眼经济社会发展全局，切实把思想和行动统一到白玛旺堆书记重要讲话精神上来，把中央提出实施乡村振兴战略的意图领会好、落实好，加快乡村振兴战略在拉萨落地生效，为实现拉萨农牧业强、农牧区美、农牧民富的乡村振兴目标努力奋斗。

【解说】聚焦重点任务、压实工作责任。今年我市将确保农林牧渔业总产值增长 10% 以上，农村居民人均可支配收入增长 14% 以上，扎扎实实把乡村振兴战略继续向前推进。

我家房前屋后有树林

记者：吴彦慧　洛桑

【导语】2013年，因为发展产业、开发丰富的矿产资源，墨竹工卡县尼玛江热乡章达村的70多户村民从山上搬了下来。近5年来，村民们植树造林、悉心养护，新搬迁地从一片沙石地变成了绿树浓荫的生态宜居地。

【解说】苍山脚下，碧水河畔，远远望见一片错落有致的房屋。这里就是墨竹工卡县尼玛江热乡章达村2、3组搬迁后所在地。高原的春天才刚刚开始。漫步走在村里，家家户户的房前屋后都种满了树。村民琼达家屋后的树枝才刚刚抽出嫩芽，房前草地上却已经是一大片一大片的绿。77岁的索朗群培是琼达的父亲，平日里，他是家中最最操心这些树木和草地的人了。琼达家的树，林林总总加起来得有200多株。养护起来，也是一件不容易的事。

【同期】墨竹工卡县尼玛江热乡章达村村民索朗群培：这个草地我们基本上是一周浇一次水，树是隔天浇一次水。如果草长得快的话，我们会及时割草修剪，割下来的草喂牲口。

【解说】据介绍，当初搬迁，建设企业在设计房屋用地时，给每户都保留了至少三分之一的空地，这部分空地就成了如今的绿化地带。

【同期】墨竹工卡县尼玛江热乡章达村村民琼达：我们分到房子后，他们（公司）已经提前种了草。我们也悉心照顾。树主要是我们自己栽的，定时给草施肥、给树浇水。特别是夏天，草绿了，树叶也长出来了，对我们自身的健康挺有帮助，环境也特别漂亮。

【解说】琼达家只是大多数村民的一个缩影。为了确保树木健康成活成长、绿化取得实效，村里的联户代表还担起了“护林员”的责任。

【同期】墨竹工卡县尼玛江热乡章达村 2 组联户代表多亚：我是 15 户的联户代表，我会经常入户，督促大家做好树木的各项养护工作。

【解说】几年下来，在大家的共同努力下，章达村村民们的环保意识不断增强，环境设施不断完善，新村建设取得显著成效。这 5 年，村里通过向上级申请以及自筹资金购买树种等方式，累计种植了超过 23000 株的各类苗木。

【同期】墨竹工卡县尼玛江热乡章达村党支部书记格桑：刚搬迁下来的时候，这一片是个沙石地，大家都想把这块绿化搞上去。在 5 年时间里，我们村之所以现在能成为生态村，主要是在大家的共同努力下实现的，主要是为了自身的健康，为了环境。

【编后语】青山绿水是我们留给子孙后代最宝贵的财富。习近平总书记指出：要像保护眼睛一样保护生态环境。乡村振兴，振兴出的必然是一座又一座的美丽乡村。我们相信，经过艰苦不懈的努力，今后，想必有更多生态宜居的“章达村”出现。

达东村：
启动众创空间　为乡村振兴聚人才

记者：吴彦慧　杨涛

【导语】近年来，在区市党委的坚强领导和正确部署下，柳梧新区达东村开启了乡村旅游的热潮。当地村民吃上了旅游饭，走上了文旅致富的道路，实现了产业旺、环境美、村民富。在大好的发展形势和政策环境下，达东村对于未来，还有更长远的考虑。

【同期】柳梧达东·众创空间发布会现场

【解说】4 月 28 日上午，由柳梧和美乡村民俗文化旅游有限公司主办的“拉萨达东第二届桃花会暨柳梧达东·众创空间发布会”在达东村举行。此次活动以“梦幻花季”为主题，粉色桃花与雪山绿树、风情民居相碰撞，同时融入年轻、新颖、时尚的创客元素，进一步丰富了达东乡村旅游的内容。据介绍，本次桃花会将持续一个月。随着“五·一”小长假的来临，这里也不失为节日里的一个好去处。

【同期】游客胥女士：天气很好，然后风景很优美，这里的桃花全部盛开，也很漂亮……这么美的风景，准备五一假期的时候，带着朋友们一起过来。

【解说】此次活动中，柳梧达东·众创空间与西藏雪堆白传统手工艺术学校签订了意向入驻协议，标志着“柳梧达东·众创空间”正式启动。该空间计划用5年时间，引入创客团队91家，其中本村农牧民、返乡大学生创客34家，成功孵化创客26家，同时新增就业555人，总产值达到2550万元。

【同期】西藏雪堆白传统手工艺术学校校长益西旦增：这次空间的定位有三块，一是文化旅游这块，二是民族手工艺术这块，三是大学生返乡这块，这三块都是我们涉足的……一是要入驻到这边的空间里面，同时我们学校作为他们空间的一个指导方，要给空间的人，尤其是这边的农牧民做一些培训，做一些创业方面指导……把一些好的经验传给他们，让大家一起成长、一起发展。

【解说】党的十九大提出实施乡村振兴战略“产业兴旺、生态宜居、乡风文明、治理有效、生活富裕”的总要求，建立健全城乡融合发展体制机制和政策推进农业农村现代化发展。推进大众创业、万众创新，大力发展相关产业，是达东村推进乡村振兴战略的举措之一。而该村的产业发展，已经给村庄带来了实实在在的变化。

【同期】柳梧和美乡村民俗文化旅游有限公司董事长廖强：现在柳梧达东村环境越来越好，老百姓的生活也是越来越富裕，但是我们要实现我们国家提出的乡村振兴战略，在我们看来，人才是关键。通过这个众创空间，引进人才，包括我们希望让当地的村民就留在这里创业，包括返乡的大学生，让他们学有所成以后，能够回到家乡，为家乡的发展贡献一份力量。

【出镜】记者苟晓辉：宽敞的道路，整洁的房屋，如今的达东村已不同往昔。随着近年来乡村振兴战略的大力实施，达东村就像一张靓丽的名片，已被很多人熟知。今天就让我们一起来跟随镜头感受一下改革发展带给达东村的变化。

【解说】最美人间四月天。灿烂盛放的繁花、绿芽满枝的柳树，整洁的乡村道路穿村而过，中国最美村镇、全国生态文化村——达东村在这个春季向人们展示着它的宁静与美好。这里有优美的自然风光、淳朴的民俗风情、深厚的历史底蕴、两座近千年的古寺、仓央嘉措的庄园等等。为有效将本地优质传统旅游元素挖掘出来，带领本地农牧民脱贫致富奔小康，2016年4月初，柳梧新区启动了“达东村村容村貌整治暨扶贫（旅游）综合开发项目”，由柳梧城投公司、达东村村委会及和美布达拉公司共同出资成立柳梧和美乡村民俗文化旅游有限公司，负责达东村乡村旅游的开发和管理运营。

【同期】柳梧和美乡村民俗文化旅游有限公司办公室主任赵旭东：我们有一个湖边茗馆，可以品茶、休息，上面还有酒店，千亩花海，还有桃林，现在主营的项目就是幸福林卡和雪山西麓林卡两个林卡区域。2016年下半年，我们开通了西藏地区首家房车自驾车营地，同时我们还有外来引进的项目，包括冰淇淋项目、真人CS项目，还有户外拓展项目。游客在我们达东村可以得到吃喝玩乐集于一身的体验，可以完全享受到西藏美景、当地民俗。

【解说】自2016年7月1日正式对外运营以来，达东村以其丰富的旅游资源、不断完善的基础设施和整洁和谐的村容村貌吸引着越来越多的市民和游客前往游玩，逐步成为了西藏乡村旅游的标杆，真正将绿水青山变为了金山银山。

【同期】柳梧和美乡村民俗文化旅游有限公司办公室主任赵旭东：2016年，在项目建设中，达东村贫困户人均增收在6000元以上，项目正式运营至2016年年底，共接待游客8万人次，乡村公司实现营业收入200余万元，当年向村民分红11万余元，发放工资46万余元。2017年，乡村公司实现收入471万余元，当年向村民分红40万元，发放工资100万余元。

【解说】达东村村民扎西顿珠在自己家开了甜茶馆，家庭收入每年增加了3万元左右。现在达东村共有18家个体经营户，他们或开茶馆，或开商店，搭上了通往增收致富的直通车。土地流转、景区就业、自主创业，达东村乡村旅游业的发展让农民“零距离就业，足不出户挣钱”，彻底解决了农村产业和农民就业问题，使村民长期稳定增收、安居乐业。达东村靠发展乡村旅游实现精准扶贫的模式已成为西藏文化旅游产业发展和精准扶贫的新标杆。

【同期】达东村个体经营户扎西顿珠：自从达东村发展旅游业以来，到达东村来旅游、玩耍、过林卡的人越来越多，对我们提高收入方面起到很大的促进作用。

【解说】旅游产业的发展给达东村村民带来的不仅是增收，还有越来越完善的基础设施，越来越美丽的村容村貌，越来越和谐的民风民情，以及越来越幸福的美好生活。

【同期】达东村村委会主任顿珠群培：以前群众要到外地打工，现在发展旅游业，不仅就地解决了群众就业问题，也提高了群众环保意识。加大环境保护力度，做到不乱扔垃圾，达东村在各方面有了很大发展。

【解说】2018年，达东村还将打造创客中心、酸奶坊、温泉等项目，加强环境整治和景观设计，营造更加健康、舒适的乡村旅游环境，建设与乡村风情相一致的全景化乡村旅游目的地，以旅游基础设施建设带动乡村旅游发展，以旅游发展提高乡村居民生活质量。

【出镜】记者荀晓辉：产业兴旺、生活富裕、生态宜居，改革发展的最终目的就是要使人民受益。而如今，达东村乡村振兴战略的蓝图正在徐徐展开，相信在不久的将来，一个更好、更美丽、更开放的达东村将会呈现在大家面前。

建设四好农村路
打通乡村振兴快车道

记者：孙跃　朱建之　洛桑

【导语】建设“四好农村路”就是打通联系党和老百姓的“民心路”，就是打通服务乡村振兴的“希望路”，就是打通助力脱贫攻坚的“小康路”。近年来，全市交通系统牢牢坚守这一理念，因地制宜、以人为本，既要把农村公路建设好，更要将其管好、护好、运营好，以改善农村人居环境，服务于美丽乡村建设。

【解说】平坦干净的农村公路通向宁静的乡村村落，公路上，几个村民正在忙着检查农村公路是否存在损坏问题，另外几个村级环卫工人也正在清扫公路。在这一刻，他们不仅仅是堆龙德庆区马乡措麦村的村民，还是措麦村的乡村道路交通协管员。

【同期】措麦村乡村道路交通协管员格桑达瓦：我们经常对这段道路进行管理，对损害进行修理，并清扫垃圾，确保道路正常通行。

【解说】在堆龙德庆区，像格桑达瓦一样的乡村道路交通协管员一共有 120 人。他们的职责就是管好农村公路，为大家提供良好的出行条件，创造美好的人居环境。正是因为他们的努力，堆龙德庆区农村公交自2017年4月1日运营以来，每日运输人数达500人次，每日总行驶里程达1488公里，并创造了零事故、零故障、零投诉的运营成绩。

堆龙德庆区“四好农村路创建成果”只是我市交通发展的一个缩影。过去的一年，全市交通养护质量持续提升，保障水平明显改善，农村公路正在逐步解决农牧民群众的生产、生活出行问题，也在更好地发挥着基本公共服务功能。截至2017年年底，全市农村公路通车里程达3764.449公里，市交通运输局承担了2283.6公里的农村公路养护任务。

【同期】市交通运输局局长扎西平措：2018年，拉萨市所辖8个县区、57个乡镇、8个街道办事处农村公路通畅率要达到100%，267个行政村通畅率要达到100%，1269个自然村通畅率要达到45.5%，225座寺庙通畅率要达到52.9%，实现全市农村公路畅通、通达率均位居全区首位。

【解说】农村公路的快速发展，逐步解决了拉萨市农牧民群众“出行难”的问题，改变了贫困地区交通落后面貌，更为打赢全市脱贫攻坚战奠定了坚实基础，有效带动了特色种养、客货运输、乡村旅游等产业，促进了农村经济社会发展。

在地广人稀的当雄牧区，四通八达的农村公路网让牧民们的生活发生了翻天覆地的变化，不管是小轿车还是摩托车都能在平整的柏油马路上安全驰骋；不管是晴天还是风雪天，不管是接送孩子上下学还是做买卖，牧民们的生活因道路的畅通而变得更加安全便捷。

【同期】当雄牧民旦增朗杰：以前都是土路，出行很不方便，也不安全。现在通了柏油路，出行的安全性大大提高了。

【解说】62岁的索朗顿珠居住在达孜县德庆镇桑珠二村，当了12年村长的他也见证了该村乡村公路的变迁。他告诉记者，现在村里修了马路，生活非常方便，他由衷地感谢党和政府的好政策。

【同期】达孜县德庆镇桑珠二村索朗顿珠：以前的路都是土路，一下雨满是泥泞，环境差，出行不方便。自从2016年村里修上水泥路以后，不仅环境变好了，生活也便利了，汽车摩托车出行也方便。

【解说】对于下一步道路建设的计划，市交通运输局负责同志表示。

【同期】市交通运输局局长扎西平措：2018年，我市要继续大力发展农村交通和公交客运，全面推进"四好农村路"建设不断迈上新台阶，加快构建"外通内联、通村畅乡、班车到村、安全便捷"的交通运输网络；推动增强城乡互动、缩小城乡差距、加快城乡交通一体化进程，改善农村居住和出行环境；围绕打通断头路，连接资源路、旅游路、产业路，实施农村公路安全生命防护工程，全力打造"平安放心路"。

【解说】"四好农村路"修的是路，联系的是党心和民心。在以习近平同志为核心的党中央高度重视和坚强领导下，拉萨农牧民"出门硬化路、抬脚上客车"的希望正在变为现实。"四好农村路"让农村更强、农民更富、乡村更美。

大力发展净土健康产业
激发乡村振兴内生动力

记者：胡蓉　措尼

【导语】实施乡村振兴战略，产业兴旺是关键。近年来，城关区坚持把发展壮大净土健康产业作为支柱产业培育，建成高标准智能温室、圣地桃园、亨通物流园以及高标准奶牛养殖中心等一大批产业项目，为实施乡村振兴战略打下了坚实的基础。

【解说】春暖花开时节，人们都走出家门来感受美的气息。走进城关区智昭净土农业科技示范中心，生态采摘区、餐厅休闲区、绿植花卉交易区等，处处都能感受到现代农业的风采和魅力。据介绍，该中心投资 8267.2 万元，共有 10 个展厅。今年 3 月，中心新开了生态餐厅和土特产交易区，在打造集休闲、娱乐、观光、采摘、科普、餐饮为一体的特色产业基地的同时，也最大限度地解决了当地村民的就业问题。

【同期】智昭净土农业科技示范中心生态餐厅主管陈志凯：我们这个生态餐厅自开业以来，成功吸引了 22 名当地村民在此就业，累计接待游客 1 万多人次，周末人特别多，营业额（每天）

也能达到1万5到2万元。我们希望能够给市民提供一个休闲娱乐好去处的同时，也能带动当地老百姓增收致富。

【解说】今年22岁的白玛拉姆，家里有6口人，生活压力较大，如今在家门口实现了就业，给家庭增收带来了不少帮助，白玛拉姆倍加珍惜如今的幸福生活。

【同期】生态餐厅服务员白玛拉姆：我在这里工作有一个多月了，现在每个月工资能拿到3500—4000元，现在的工作环境也特别好，非常感谢。

【同期】错落有致的大棚、青翠茂盛的树木、鲜嫩饱满的油桃……在城关区智昭产业园区油桃基地内，一颗颗红彤彤的油桃挂满枝头，令人垂涎三尺。2015年起，城关区积极打造休闲采摘乐园，这为农户增收提供了有力保障。该项目成功吸引6名当地村民在此就业，家住附近的次仁卓玛就是其中一员。

【同期】智昭产业园区油桃基地技术员次仁卓玛：我目前在油桃基地工作有4年多了，现在也当上了技术员，每月有4000多元的工资，在家门口实现了就业，有了收入，感觉非常好。今后，我要在此好好工作，通过自己勤劳的双手不断增收实现致富。

【同期】净土健康产业只是城关区依靠产业发展，带动当地村民增收致富的一个缩影。在下一步的规划中，城关区将结合实际，以“休闲、观光、都市、现代”为基本定位，把“三个示范园、五条特色沟”做大、做强，打响净土健康产业发展和群众增收致富的双赢战，让群众共享产业发展成果。

【编后语】“新乡土时代”，既要有绿水青山，也要有金山银山，既要让农牧民群众精神、物质富足，也要让农村善治有序。如今，城关区正以产业振兴为抓手，谱写着乡村振兴的美丽乐章。

风光美　农民富
好一个现代化新农村

记者：郝奕凝　措尼　芶晓辉

【导语】十多年的探索，柳梧新区柳梧村有了自己的产业链；十多年的奋斗，柳梧村民过上了富足的生活；十多年的发展，曾经偏僻贫穷的柳梧村，成为了生机勃勃的新农村。柳梧村用它的日新月异诠释了“拉萨速度”。

【解说】柳梧村位于拉萨河南岸，与哲蚌寺隔河相望。过去的柳梧村一直是以单一的农业生产为主，偏僻、封闭、贫穷，一辈又一辈的柳梧人过着“面朝黄土背朝天”的传统农耕生活。

【同期】柳梧村村民欧珠旺姆：以前家里有地，但是生活不富裕，小孩就算想读书也没有学校，家里的房子也很不好。

【解说】作为土生土长的柳梧村村民，72岁的欧珠旺姆老人见证了柳梧村的巨变。她告诉我们，以前去布达拉宫、大昭寺只能走路或坐牛皮船，十分不方便。

在2007年之前，因为交通不发达，坐牛皮船是柳梧村村民出行的主要方式。今年49岁的柳梧村村民尼琼是拉萨河上的最后一批摆渡人之一，从15岁开始，尼琼每天一大早就出门划牛皮船渡人过拉萨河，每人收5毛钱。这样凭着一艘牛皮船挣钱养家的日子，尼琼一过就是26年。单一的生产方式使柳梧人陷入了“饿不死、吃不饱、富不了”的窘境。

【同期】柳梧村村民尼琼：以前划牛皮船时的日子，家里很困难，挣不着多少钱，买不起东西……

【出镜】记者苟晓辉：2006年7月2号0时31分，伴随着一声高亢的汽笛声，首发西藏的列车徐徐驶入拉萨火车站，打破了西藏几千年的沉寂，柳梧村也奏响了发展的号角，大步迈入了新时代。

【解说】2001年，青藏铁路正式开工建设；2003年，柳梧新区筹备组组建；2006年7月1日，从拉萨火车站开出了第一列去往北京的列车；柳梧村作为青藏铁路终点，在迎来发展机遇的同时，也面临着巨大挑战。柳梧村全村有耕地面积6090.68亩，在铁路建设和新区建设中被全部征用，全村再无耕种土地。如何让600多户、1200多名失地农民转变思想、改变生产方式、不坐吃山空，成为柳梧村迫在眉睫需要解决的事。

随着越来越多游客来到拉萨，更为便捷的交通成为连接拉萨河两岸最急迫的需求，2007年4月30日，柳梧大桥通车。也在这个时候，尼琼的拉萨河摆渡生意越来越难做，为了谋求长远的出路，尼琼和很多柳梧村村民一样，买了车子跑上了运输。从开始的花8万多元买面包车载人，到现在的花47万买运输车拉货，尼琼每年有了近20万元的收入。

【同期】柳梧村村民尼琼：现在购买运输车辆，（村里）成立了运输队，我加入其中，收入有了很大提高，生活变富裕了。

【解说】柳梧村紧紧抓住火车站和柳梧新区建设的大好机遇，充分发挥区位优势，组建村民客货运输协会，成立农民施工队，大力发展劳务输出。如今，全村共有大型运输车380多辆、装载机120多台、大小挖掘机150多台、小型运输车70多辆。同时，柳梧村瞄准火车站人流大的商机，兴办小商贸、餐饮、住宿以及家庭旅游等服务项目，开辟了一条“失地不失业、失地不失收”的致富新途径。

【同期】柳梧村村委会主任穷达：火车站建在柳梧后，柳梧村村民通过土地出租等方式进行创收，此外还通过开商店、房屋投资等方式提高收入，全村一年的收入能达到五六十万。

【解说】如今的柳梧村，交通枢纽的地理优势得以彰显，宽敞明亮的新房鳞次栉比，宽阔的水泥大道不断延伸，现代化的建筑拔地而起，道路两边塔吊林立，建筑施工现场一片繁忙，俨然不再是曾经那个落后的小村庄。

【同期】柳梧村村民欧珠旺姆：现在的生活和以前相比，可以说是大不一样，以前有时都吃不饱，现在吃穿不愁，家里添置了很多电器、家具……

【解说】青藏铁路、拉萨火车站、柳梧新区的建设将柳梧村卷入了新时代发展的浪潮，为柳梧村注入了发展的动力。柳梧村用与时俱进、不怕吃苦的精神，在这一浪潮中站稳了脚跟，大步向前迈，迈上了经济发展的快车道，用自己的成绩书写着“拉萨速度”。

【出镜】记者苟晓辉：十年沧桑巨变，旧貌换新颜，如今的柳梧村高楼林立，车水马龙，各种便民设施应有尽有。改革不会停滞，发展不会停顿，我们相信，下一个10年，柳梧村会更加美好。

富脑袋再富口袋　奋斗赢得幸福来

记者：罗追　苟晓辉　朱建之

【导语】振兴乡村战略，离不开广大乡村群众学习科学技术，依靠勤劳双手致富。村民们有了“富脑袋”，才能各尽其能、各显神通，自然就有机会“富口袋”。今天的“服务三农　振兴乡村”，一起来看看当雄曲才村、郭庆村的故事。

【解说】曲才村位于当雄县宁中乡国道 109 沿线，村里通往唐冰湖的旅游公路即将开建，村委会争取到了由村运输队运输土石方的机会，四五个月下来，车队司机都有了可观的收入。今天，村里把车队司机、施工方、附近加油站的负责人组织到了一起，就下一步工作进行协商。新加入车队的村民次伦桑珠按捺不住心中的激动，几年前靠着政府组织的技术培训班，次伦桑珠考到了驾驶证，小打小闹跑运输，日子也还过得去。瞄准了这次机会，他从银行贷款买了车，准备大干一场。

【同期】曲才村村民次伦桑珠：今年，曲才村旅游公路项目要开工，我就贷款购买了一辆大卡车，准备跑运输拉石料，我有信心早日致富。

【解说】曲才村党委书记达桑介绍，曲才村发展传统畜牧业先天不足，从多年前开始，村民们就逐步把眼光从草场转向市场，把店铺从曲才村开到当雄县城和拉萨市里，从市场中获利，让大家的钱袋子逐渐鼓了起来。

【同期】曲才村村民德珍：我们茶馆在国道边上，生意还不错，可以给家里带来不错的收入。

【出镜】记者荀晓辉：在曲才村的走访当中，我们发现，面对着这里人口少、牲畜少、草场少等先天性不利条件，这里的牧民群众不等不靠，敢闯肯干，大力发展工商业和个体经营，勤劳致富，使该村成了远近闻名的富裕村。今天我们正在实施的乡村振兴战略，不就是需要这样懂技术、会经营、致富积极性强的新型农牧民吗？

【解说】除了村民自己的努力，村两委也依靠党的各项惠民政策，积极为村民寻找致富的路子。村民搞个体经营缺乏资金，可以得到银行金融惠民工程的帮扶；跑运输缺油料，村里就协调加油站，争取先加油后结算……

【同期】宁中加油站负责人赵剑锋：村上书记找我们加油站协商，希望我们从资金方面支持村民，我们也是尽量，为当地村民的运输提供一定的资金支持，先运输加油，资金到位后再结算。

【解说】在曲才村，半数以上的劳动力都在草场之外谋生计，有的靠着位于109国道沿线、离县城不远的区位优势开起了茶馆、商店，有的则来往更远的拉萨、那曲等城市，寻找发家致富的机会。

【同期】当雄县宁中乡曲才村党委书记达桑：在我们村，做各种生意的加起来大约有300人，有的做牛肉、虫草生意，还有100多人跑客运、货运。去年，全村年人均收入达到1.5万元……这些都离不开党和国家的好政策。

【解说】现如今在曲才村，随处可见大大小小的车辆，或是操持自家生意的村民。富裕的和追求富裕的村民们，都在奔向小康路上快步奔跑。还是在当雄县，龙仁乡郭庆村党支部第一书记晋多和他带领的牦牛短期育肥合作社，发现了牦牛身上的“秘密”，由此带领当地牧民实现了稳步增收。

【出镜】记者苟晓辉：我现在来到的地方是位于当雄县郭庆村的净土牧场。据负责人介绍，这里运营不到三个月，已经有400头牦牛在这里集中饲养。在这里，饲养员将牦牛根据大小不同集中饲养，通过集中饲养的方式，解决草畜矛盾，也同时带动了当地牧民增收。

【同期】当雄县龙仁乡郭庆村党支部第一书记晋多：在已有的育肥基础上，让草蓄平衡的牲畜入股到净土牧场育肥基地，草畜平衡超出的部分直接卖给净土牧场，这样对我们的草场起到了保护作用，也能解放老百姓的劳动力，让他们可以外出务工，或者直接在净土牧场做饲养员，这样每月有3000元的工资。

【解说】在净土牧场，集中饲养可以说是做到了“一箭三雕”：通过喂养燕麦等人工饲草，可以有效降低过载牦牛对草场资源的破坏；老百姓还可以将自家牦牛销售或以入股方式与牧场合作，直接增加牦牛养殖的经济收入；此外，牧场还能吸纳当地牧民实现就近就业。

【同期】当雄县净土牧场郭庆场负责人阿旺多布杰：发展净土牧场是我们县畜牧业发展的一项重要的举措，郭庆牧场是我们县建的第一个牧场，也是一个试验点。我们就是从老百姓手里收购牦牛，然后进行短期育肥，增加出栏率，解放老百姓的劳动力，老百姓增收平均达到 1200 元。

【解说】作为全县最早试验牦牛短期育肥的先行者之一，晋多从 1997 年就开始尝试，并在 2008 年带领村民成立了牦牛短期育肥合作社，让当地牧民尝到了甜头。到 2017 年，该村人均年收入达到 1.5 万元，位居全县前列。

【同期】当雄县龙仁乡郭庆村党支部第一书记晋多：通过自治区畜牧兽医研究所多年科学研究，经过短期育肥，我们的牦牛从以前的 11 月 20 号到 12 月初出栏，提前到 10 月份出栏，这样每头牦牛的体重会增加 50 到 70 斤左右，以出售的牛肉价格来算，可以多卖出 2000 元左右。

【解说】现如今，牦牛短期育肥的郭庆经验，已被自治区、拉萨市和当雄县党委政府所认可，并作为促进畜牧业提质增效的有效途径予以推广。据介绍，目前位于宁中乡和纳木湖乡的净土牧场正在筹划建设之中。这种科学、规范、高效的牦牛养殖新模式，正从郭庆村走出，在当雄全县逐步推广，直接带动当地一万多牦牛养殖户增收。

【编后语】的确，幸福是奋斗出来的。2018 年中央一号文件

《中共中央国务院关于实施乡村振兴战略的意见》明确提出，“以生活富裕为根本，提高农村民生保障水平；以摆脱贫困为前提，打好精准脱贫攻坚战”。当雄县曲才村、郭庆村便是我们建设社会主义新农村的成功经验。我们相信，在乡村振兴战略的引领下，拉萨会涌现出越来越多的富裕村。

墨竹：共建共治共享美丽乡村

记者：吴彦慧 洛桑

【导语】乡村振兴离不开有效的乡村治理。近年来，墨竹工卡县工卡镇工卡村结合自身实际，多措并举，不断完善和创新社会治理工作，形成了人人共建共治、共享发展成果的良好氛围。

【解说】记者来到工卡村村委会时，村里正在开工作例会，墨竹工卡县工卡镇工卡村驻村工作队副队长马超，正在介绍厕所改造的计划。

【现场】墨竹工卡县工卡镇工卡村驻村工作队副队长马超：“厕所革命”这块儿，响应国家号召。我们整个辖区呢，之前的旱厕经过这几年改革，已经有 3 个变成了水厕。对于环境治理也要求整洁。我们村委会旱厕现在也改成水厕了。318 沿线……不是还有个旱厕吗？近期我们准备把这个厕所的情况报告到镇里面，试着争取下资金，把这个旱厕改成水厕。

【解说】这天的会上，除了说厕所改造的事，大家还讨论了工卡镇交付给工卡村的“县城停车场”项目。据介绍，这个项目共涉及县城 365 个停车位的管理和收费，目前已报给县发改委和物价局征求了意见。项目正式实施后，预计将有 6 到 7 个岗位。

工卡村位于 318 国道旁，地处县城中心。因为这一区位优势，近年来，辖区商业发展也是欣欣向荣。为了加强管理，2012 年工卡村流动人口党支部成立。在工卡村开店已经 13 年的唐兴菊，就是支部的一员。

【同期】墨竹工卡县工卡镇工卡村商户唐兴菊：我们刚刚来的时候，这个街道是土路，这是我的亲身感受嘛。这边的环境、治安，还有卫生状况，全部都改变了。藏族、回族、汉族群众在一起，大家相处得都比较融洽。像我们做生意在这边也比较踏实。现在村里成立了流动党支部，我们有什么问题都可以去那里反映，党支部会给我们解决。

【解说】在沿街商户眼中，流动人口党支部书记付业全可是个大红人。因为经常走街串巷，他还有个“街长”的外号。对在工卡村生活了 8 年的他来说，这里俨然已经是他的第二故乡，街道的环境、卫生乃至交通，他都非常关心。

【同期】墨竹工卡县工卡镇工卡村流动人口党支部书记付业全：我举一个很简单的例子，就讲我们菜市场。前几年脏得车不能进。每一个进来买东西的人都没有胃口……现在好多东西，包括吃的，大家买得放心，环境也特别好，大家到这里来心里敞亮、舒服！我是老党员，我应该带头，我有信心，在各级领导的指导下，我有信心做出更大、更有意义的辉煌成绩。

【解说】2016 年，工卡村有 10 户群众搬迁至位于县城嘎则新区的易地扶贫搬迁安置点。卓玛成了这10户群众的小组长。通过岗位介绍，如今，她在县医院做清洁工，两个小孩一个上高中，一个上初中，生活十分有奔头。

【同期】墨竹工卡县工卡镇工卡村易地扶贫搬迁户卓玛：搬到这边的话，房子比以前的老房子好多了，毕竟路啊什么都方便，过的生活也比以前好多了。现在两个小孩好好上学，我自己再奋斗，将来越来越好。

【解说】通过一系列采访，记者深深地感受到，一个村子的发展、振兴，除了天然的优势，更重要的是各个岗位的人群付出的努力。大家各司其责、各尽其力，干好工作、过好日子，这样的乡村才富有生命力。

【同期】墨竹工卡县工卡镇工卡村妇女主任格桑央宗：近几年我们墨竹工卡县的经济、环境卫生等方面都有了很大的变化。我作为村两委的一名干部，还是觉得有些地方需要改进。我们在以后的工作中，将进一步地建设好我们美丽的家园。

【编后语】党的十九大明确提出：要打造共建共治共享的社会治理格局。一个好的社会，也许就是人人充满信心，人人努力奋斗，在各自的岗位上发光发热，在各自的生活里过得有声有色。只有在大家的共同努力下，我们的乡村才会变得更加美丽、更加和谐幸福。

“五有五好”推进文明村镇创建

记者：张秀　刘翔

【导语】今年春天，拉萨在全市范围内深入开展以有精神文明宣传栏、有公益广告牌、有文化大舞台、有文明引导员、有志愿服务站，思想觉悟好、道德风尚好、行为习惯好、精神面貌好、遵规守纪好为主要内容的“五有五好”文明村镇创建活动，引导各族群众争做神圣国土守护者、幸福家园建设者。

【解说】一条条平坦的水泥路，勾画出农村美景；一排排漂亮、整齐的藏式民居，让百姓尽享发展成果；一台台群众文艺演出，点燃了乡村大地的文化激情……走进堆龙德庆区，让人处处感受到“五有五好”文明村镇建设如初升的暖阳，充满了无限的生机。

在古荣乡加入村，志愿服务活动正如火如荼开展。采访当天，加入村健身广场上，乡村志愿者们拿着扫帚和撮箕，认真清扫路面的灰尘、树叶，捡拾着草地上的果皮纸屑，一派热火朝天的景象。

【同期】古荣乡加入村党委书记旺堆：我们加入村于今年 8 月 10 号正式成立了乡村志愿服务站，每个月组织一次清扫等义务劳动，结合“四讲四爱”主题教育实践活动，我们要坚持做此项工作，为加入村的发展和环境美化作出志愿者的表率作用。

【解说】目前，堆龙德庆区基本完成了“五有”阵地建设，在各乡（镇）、行政村设立志愿服站点，并为乡村志愿者颁发“五有五好”文明引导员聘书，发放乡村志愿者服务装备。截至目前，堆龙德庆区已形成达 2200 余人的服务队规模，为组织开展道德讲堂、“善行义举榜”、学雷锋志愿服务等各类文明创建活动提供平台和保障。

【同期】堆龙德庆区委宣传部副部长段凤芝：目前，我们区组建了乡村志愿者服务队、老年志愿者服务队、青年志愿者服务队、巾帼志愿者服务队和护路队伍志愿队，投资 20 余万元为各服务队购买了装备，在各村、各寺庙安装了以“社会主义核心价值观”“四讲四爱”“文明村镇”“僧尼爱国守法”四条标准等为内容的公益广告牌。

【解说】在马乡措麦村，自愿戒烟戒酒成为了村民积极响应科学文明健康生活方式和行为习惯的具体表现。自 2015 年 5 月倡议戒烟戒酒以来，措麦村戒烟戒酒活动取得显著成效。

【同期】措麦村党总支第一书记旦增：这个活动（自愿戒烟戒酒活动）已经开展三年了，为了全民健康，我们开展了这项活动。现在人们的生活水平提高了，大家都很重视自己的身体健康，所以我们号召戒烟戒酒，村民都很重视、支持，现在村里基本上没有抽烟喝酒的，大人都在培养健康的生活习惯，孩子们也得到了教育。

【解说】走进通嘎村村委会，“党的政策”“社会治安管理”“文化教育”……16个方面50余条内容的“十星级”管理办法赫然醒目。这便是目前实行的通嘎村《村规民约》。自《村规民约》实施以来，通嘎村基本实现了违规行为的“零发生”。

【同期】羊达乡通嘎村村委会副主任、治保主任尼玛旺堆：2015年，我们通嘎村实施《村规民约》以来，对社会稳定起到了一定的作用。比如说，邻里纠纷、夫妻吵架等情况，我们可以通过《村规民约》中的规定，取消其当年享受的惠民政策或者扣除其分红。除此以外，将扣除“十星级文明户”栏中的“团结”“文明”星级考核的相应分值。因此，我们村成为了文明、和谐村。

【解说】这些仅仅是我市开展“五有五好”文明村镇创建行动的一个缩影。截至目前，全市66个乡（镇、街道）、273个村（居）、74所中小学校建成精神文明宣传栏393个，完成率达95.6%；建成公益广告牌2130个，完成率达51.8%；建成文化大舞台584个，完成率达71%；聘请文明引导员538人，完成率达100%；建成志愿服务站264个，完成率达78%；成立各类志愿服务队340支、志愿者41830名，“五有”阵地建设正在稳步推进中。开展习近平新时代中国特色社会主义思想和党的十九大精神学习、“铭记党的恩情”“移风易俗、破迷信、改陋习”、志愿服务、“我们的节日”等“五好”活动6500余场次，受众达47万余人次，参与率达70.67%。如今，村民的环保意识逐渐增强，村风民风淳朴，村容村貌焕然一新。